光文社文庫

焼跡の二十面相

辻　真先

光　文　社

焼跡の二十面相　目次

はしがき

その頃、東京中の町という町、家という家では、ふたり以上の人が顔を合わせさえすれば、まるでお天気の挨拶《あいさつ》でもするように、怪人二十面相の噂《うわさ》をしていました。

（江戸川乱歩「怪人二十面相」より　昭和十一年）

〝その頃〟というのはまだほんの数年前のことなのに、今ではまったく様子が変わってしまいました。あれから戦争がはじまり、やがて東京は連日の大空襲のため、町という町、家という家を、焼き払われてしまったからです。

怪人二十面相の噂をする人は、もう東京にいなくなってしまいました。荒物屋のおばさんは焼け出され、八百屋のおじさんは徴用《ちょうよう》で武器を造らされ、学生のお兄さんは神風特攻隊で死に、たばこ屋のきれいなお姉さんは焼夷弾《しょういだん》できれいな灰になったそうです。

ではあの二十面相はどこへ行ったのでしょう。生きているのか死んでいるのか、誰も怪人の行方《ゆくえ》を知る者はいません。

いやいや、噂をする人がいなければ、噂の本人はもう死んだのとおなじことです。あいつの水際立った盗みの手口、でも血を見るのが嫌いな性癖を承知していた読者諸君は、少しばかり残念かも知れませんね。名探偵明智小五郎《あけちこごろう》と助手の小林芳雄《こばやしよしお》少年を向こうに回して、しばしば一騎討《いっきう》ちを演じた二十面相を見ることは、もうできないのでしょうか。

彼が隠れたマンホールは、鉄の蓋《ふた》を軍に供出させられて木製となり、戦火に焼け爛《ただ》れた今では、ぽっかり黒い穴が開いているだけです。

見渡す限りの焼け野原に、八月の太陽がじりじりと照りつけています。でもセミの声は聞こえません。そのはずです、アブラゼミやニイニイゼミが止まって鳴ける木や電信柱は、このあたりに一本も見当たりません。

昭和二十年は特別に暑い日がつづきました。

この夏、大日本帝国は太平洋戦争に敗れたのです。

神国必勝と叫んでいた政府は、大急ぎで「終戦」という新語を創りました。やがて日本占領の指揮官マッカーサー元帥《げんすい》がやってきますが、これも政府は占領軍という言葉はみっともないので、進駐軍と呼ぶことに決めました。本来は「武力によらぬ国家間の取り決めで、軍隊が他国に駐《とど》まる」という意味でしたから、日本中の辞書の版元は大あわてで書き足したことでしょう。それまで日本語に存在しなかった「終戦」という言葉も、新しくつけ加えられるに決まっています。

どういい換えても負けは負けなので、肩で風を切っていた軍人はもちろん、日本は勝つと信じていた大人はみんな顔を俯《うつむ》けましたが、小林芳雄くんは違いました。りんごのような赤い頬《ほお》も少し痩《や》せましたが、まだ元気いっぱいの少年です。溜息《ためいき》ばかりつく周囲の大人を見て、これではいけないと思いました。

こんな有様では日本が滅びてしまいます。戦争に負けただけでなく、自分にまで負けたのでは、ここまで生きて頑張った時間が残らず無駄《むだ》になるではありませんか。

（ぼくは負けないぞ。頑張りつづけて、明智先生をお迎えするんだ）

そうです、明智小五郎先生！

戦争が終わったのだから、応召されたきりの先生も、きっと帰っていらっしゃる。いつものニコニコ顔で、「小林くん、ただいま」張りのある声をかけてくださるでしょう。

そう思っただけで今にも先生の元気な姿が、御影石《みかげいし》の門柱の陰から現れるような気がしました。

門柱に嵌《は》め込まれた小さな真鍮《しんちゅう》の板には、あのころも今も『明智探偵事務所』と刻まれています。少し燻《くすぶ》っているのは空襲のためでした。麻布龍土町《あざぶりゅうどちょう》には瀟洒《しょうしゃ》な住宅や商店が軒《のき》を連ねていましたが、五月二十六日の夜明けにアメリカ空軍のB29爆撃機４７０機が、世《せ》田谷《たがや》から渋谷《しぶや》・麻布一帯に襲いかかったのです。

降り注ぐ焼夷弾と小林くんは勇敢に闘いました。さいわい龍土町に上がった炎は散発的で周囲が火の海になることもなく、警防団の人たちにまじって、少年は最後までバケツリレーで奮闘したのです。

庭や屋根に落ちた黄燐《おうりん》焼夷弾は消し止めましたが、油脂焼夷弾から飛び散った燃える油が明智先生の書斎の外壁にへばりついて、小林くんを苦しめました。棒の先に縄の束をくりつけた火叩《たた》きでこそげ落とそうとすると、あべこべに縄に火がついてしまいます。刈り込まれたナツメに炎が飛んで、植え込みの半分が燃えたのもこのときでした。

焼けたのが書斎から奥の部屋だけですんだのは、運がよかったといえます。書斎にあった山のような蔵書は、療養で軽井沢《かるいざわ》に越していた文代《ふみよ》夫人が引き取ったおかげで、実害はありません。書斎と焼け残った座敷の間は、拾い集めたトタンや板で、小林くんが応急の壁を作りました。

まだら焼けとでもいうのでしょう、町内には煉瓦《れんが》の外壁だけ無事なビルや半焼したしもたやが残り、下町のように一面の焼け野原とまではゆかずにすみました。

だから小林くんは今もここで暮らしています。せっかく残った家が無人では、帰国した明智先生が迷子になるではありませんか。

走れ『突撃号』

中学に通う年代の小林くんでしたが、最寄りの中学は丸焼けになり、町内の中学生はみんな疎開《そかい》で東京を離れていました。戦前の義務教育は国民学校の六年までで、その上になると根こそぎ兵器工場で働かされています。爆撃を避けるためまるごと地方に疎開した工場も沢山あって、戦争が終わったからといってすぐにはもどってこられません。

だから小林くんのように、焼けた町の中でポツンと暮らしている子供は、珍しいといってよかったのです。お米の配給は一日二合《にごう》とちょっぴり、それもとぎれとぎれの配給だったため、育ち盛りの小林少年は朝から晩までおなかがペコペコでした。

もちろん小林くんだけではありません。日本中の人がすきっ腹を抱えた毎日なのです。その証拠に、戦前は多かった飼い犬が一匹もいなくなりました。飢えた人たちが、片端から殺して食べてしまったからでした。

なぜこんなに食べ物がないのでしょう。モノを作る力という力を、日本は根こそぎ戦争に使っていたからです。お米もイモも着るものも住む家も読む本も、飛行機や軍艦や鉄砲の犠牲になって、この国はすっからかんになりました。

だから小林くんはせっせと、畑で作物を育てています。そんなことができるのはまだしも運のいい方だと思って、猫の額ほどの小さな庭で汗水垂らして頑張ったのです。そのおかげで南瓜《かぼちゃ》がいくつか稔《みの》りました（水っぽくて不味《まず》かったけれど）。薩摩芋《さつまいも》も食べられるようになり（芋より茎を煮て食べることが多かったけれど）、お隣の矢島《やじま》家に分けてあげたらおばさんもおじさんも大喜びでした。

お礼代わりに古い自転車をいただき、毎日とても重宝《ちょうほう》しています。戦死した息子さんの愛車だということで、小林くんは『突撃号』と名づけて大切に使っていました。

今日はこれからその自転車で、渋谷へ足をのばすつもりでした。龍土町にいちばん近い都電の停留所は「霞町《かすみちょう》」ですが、電柱が燃えたので架線を張ることができず、ずっと不通のままなのです。

電柱の上部は電線に支えられ宙にブラブラ浮いています。中ほどは焼夷弾で燃えましたが、根っこは地中にあって無事でした。焚《た》きつけにもってこいだと罹災者《りさいしゃ》が掘り出したものですから、今では電柱のてっぺんだけ、いくつも空中に浮いています。まるで昼間に迷い出た幽霊の行列みたいです。

南瓜泥棒が入らないよう厳重に戸締まりして自転車にまたがると、小林くんのおなかがキユンと鳴りました。渋谷ならなにか食べ物を売っているでしょう。公定価格の十倍もする闇値だけど、おなかをくちくすることはできます。

矢島のおじさんの話では、新宿《しんじゅく》に尾津《おづ》組が大規模な闇市を開いたそうです。『光は新宿より』という新聞広告を見たこともありますが、渋谷の方が近いのでそちらに決めました。だっておなかに力が入らないから。

ペダルを踏むとまたグウといいます。食いしん坊の小犬を飼ってるみたいで、苦笑いした小林くんは凹《へこ》んだおなかを撫《な》でました。

「我慢しろって。空襲がなくなっただけでも、マシじゃないか」

独り言をいいながら、霞町交差点まで出ました。このあたりの地形は谷底みたいで、どこへ行くにも坂を登らねばなりません。

青山《あおやま》方面は笄坂《こうがいざか》という急な坂道でした。坂の途中から一面の焼跡が広がります。つぎはぎになった舗装道路の真ん中を、石畳に挟まれた都電のレールがのびています。夏の日ざしでアスファルトの一部が溶けていました。ギシギシと重たげな音が軋《きし》んで、お年寄りの夫婦が荒い息を吐いてリヤカーを曳《ひ》いてゆきます。荷台には山のような家財道具が積まれ、焼け焦《こ》げた布団の端がベロンと垂れ、路面の砂ぼこりを掃いていました。

この春まで犇《ひしめ》いていた家並みはきれいに焼き払われ、ところどころ煉瓦の壁や石の塀が立つだけで、ニュース映画で見た満州《まんしゅう》の曠野《こうや》みたいな有様です。赤々と日に照らされて、死んだように静まり返った廃墟の青山でした。

ポツポツと黒ずんだ屋根が見えるのは、壕舎《ごうしゃ》にかけられた焼けトタンで、壕舎というのはむき出しの防空壕を土台に、焦げた材木やトタン板を乗せて住まいにしたバラックです。不思議なほど静かなのは、敗戦にうちひしがれた人々に、声を出す気力もないのでしょう。近くでドボドボと威勢のいい水音がつづきます。折れて飛び出した水道管から、使う人もいないのに水が溢《あふ》れていました。

八月の昼下がり、曇天ですが厳しい暑熱がつづきます。行く手には陽炎《かげろう》が立ちのぼって、水たまりのように見えました。戦争前によく見かけた、武蔵野《むさしの》名物の逃げ水です。ああ、懐《なつ》かしいな。そう思った小林くんの顔の前を、ツイと赤トンボが横切りました。東京に平和がもどったことを実感した、そのときです。

物凄《ものすご》い勢いで一台の輪《りん》タクが、『突撃号』を追い抜いて行きました。輪タクというのは自転車に人力車の客席を繋《つな》いだ不格好な乗り物で、そいつがガタガタギシギシ車体を左右に揺すって遠のくのです。

その後を追いすがる別な自転車から、怒声が聞こえました。

「待て！　止まれ！」

声を張り上げる半袖シャツの男の人は、小林くんがよく知っている警察官です。

「あっ、中村《なかむら》さん！」

もう少しで『突撃号』を倒すところでした。少し痩せてはいるけど、あのガラガラ声の主《ぬし》は、警視庁の捜査係長中村善四郎《ぜんしろう》警部に違いありません。

「おう、小林くんか！」

ぜえぜえいいながら、中村係長も目を見張りました。

「その輪タクを、止めてくれ……うわっ」

ドタンと大きな音が上がって、警部の自転車が引っくり返りました。道に落ちていたトタンの看板を避け損《そこ》ねたのです。助けようとする少年になにか叫びました。私より、あいつを追えというのでしょう。

「了解です！」

『突撃号』の車首を巡らせて、小林くんは猛然とペダルを踏みました。いくら腹ペコでも、相手は客車を曳いています。たちまち距離を詰《つ》めて、もう少しで客室を覆《おお》う幌《ほろ》に手が届くという間際で、とんでもないものが少年の目に留まりました。

（血？）

そうなのです。赤くて粘っこい液体が、幌からドロリと滴《したた》っています。それも一滴や二滴ではありません。細い流れは客室の床と幌の間から滴りつづけているではありませんか。

思わず小林くんは、輪タクが疾走してきた道をふり返りました。

とぎれとぎれながら、赤いひと筋が刻印されています。

おかげでホンの一瞬ペダルを踏む足が緩んだとき、輪タクがグイと右折しました。やっと焼跡が片づいたばかりの細い道ですが、運転手のハンドル捌《さば》きも脚力も衰えず、まごついた小林くんは、かえって引き離されそうになりました。

「待てえ！」

文字通り『突撃号』は突撃して、輪タクに肉薄して行きます。

不意に相手の姿が消えたように見えましたが、もちろんそんなことはありません。前方の地形が陥没《かんぼつ》したように下がっていたからです。赤ちゃけた焼跡を見慣れた目には、驚くほど新鮮な濃い緑の一群が、小林少年を出迎えました。

これは鉄道王を誇称《こしょう》する根津嘉一郎《ねづかいちろう》の邸跡《やしきあと》です。四年前に二代目が設立した根津美術館は、本館も収蔵庫も周囲どうよう焼け落ちましたが、傾斜地に開かれた広大な庭園は今も当時の面影《おもかげ》をとどめていました。緑濃い木立の周囲には、満々と水を湛《たた》えた池も残っています。焼け落ちた瓦《かわら》や煉瓦がそこここに落ちた泥色の池で、風情もなにもありませんけど。

このとき思いも寄らぬ方角から、新しい追っ手が現れました。

ダン、ダン、ダン。そんな音がつづけざまに上がって、傾斜地の上にある焦げた壁の陰から、一台の自転車が躍り出たのです。乗り手の若者は汚れた国民服を着ていました。崩れた石垣、屋敷の残骸、錆《さ》びた鉄筋。温室らしい骨組みがうずくまっているのをものともせず、若い男はハンドルを自在に操って、猛烈なスピードで走り下りてくるではありませんか。

小林くんは目を見張りました。

まるで木下《きのした》サーカス団の曲乗りです。通れそうもなかった廃墟を、風のように駆《か》け抜けたかと思うと、「通さん！」ドスの利いた大声を上げます。

(あっ、警察の人なんだ)

小林くんがそう思ったとき、国民服の青年は自転車ごと輪タクにぶつかって行きました。歯の軋むような金属音が上がって輪タクが傾き、繋がれていた客車が外れます。跳ね上がった客車は勢いよく、池に向かって転げ落ちて行きました。

密室は疾走した

ざぶんと水音が上がり、一瞬でしたが小林くんの目に、幌の間から飛び出す男の姿が映りました。赤い半袖で髭《ひげ》もじゃの中年者に見えました。

あれだけ血を流していたのだから死んだと思ったのに、案外大きな声で「助けてくれ」と叫びます。でも次の瞬間に、男は客車もろとも池に沈みました。自転車を放り出した若者は、チラと小林くんを見て叫びました。

「あいつを追うんだ！」

いい捨てて、自分は服のまま池に飛び込んだのです。

あいつとはむろん輪タクの運転手でしょう。気がつくと、客車と離れて身軽になった彼は、もとの道へ登ってゆきます。

「逃がすもんか！」

少年探偵の面目にかけても捕まえたいところですが、焼跡に向かう勾配《こうばい》が急で小林くんは息が上がってきました。それでも決して諦《あきら》めません。都電通りへ逃げてゆく自転車を目指して、最短距離を突っ切ることにしました。凸凹《でこぼこ》の多い焼跡ですが、視力と運動神経には自信があります。近道を選んで速度をあげました。

壕舎の一軒の柱にハンドルを引っかけて危うく転倒しそうになったのですが、なんとか体勢を立て直し、グイグイ肉薄してゆきます。小林くんは一気に都電の通りへ飛び出ました。

相手の後ろ姿へ、もう少しで手が届きそうです。もう少し……もう少し！

すると突然、行く手の青山通りから正体不明の大合唱が上がりました。

男たちの怒声のような歌声、それも英語の。

ええっ？

有名な曲でしたから、小林くんも知っています。耳にしただけで踊りたくなるようなそのメロディ。それは『オオ！　スザンナ』だったのです。

歌う大勢の男たちを乗せているのは、真っ赤な消防自動車でした。

ハンドルを握っているのは、どう見ても日本人ではありません。汚れたシャツ一枚の真っ黒な肌の大男でした。彼をはじめとして、全員が喉《のど》も破れそうに声を揃《そろ》えています。

まっしぐらに突進してくる消防車の勢いに、小林くんも自転車を止めてしまいました。

カンカンカンカンカンカン！　凄い勢いで消防車の鐘《かね》が鳴りはじめます。赤い旋風は、狂ったような鐘と男性コーラスを満載して、目と鼻の先を吹っ飛んでゆきました。いったいなにごとが起きたのでしょう。

ぼんやりしていた小林くんがハッと我に返ったとき、輪タクの運転手の姿は、もうどこにも見えなくなっていました。

しおしおと根津家の廃墟にもどってみると、中村係長が笑顔で迎えました。

「ご苦労だったね」

ねぎらってくれた足元には濡《ぬ》れねずみの若者が、やはりびしょ濡れの輪タクの客を池の畔《ほとり》に横たえています。

「身分を証明する品を身につけていたかね、錫岡《すずおか》刑事」

それが若者の名のようです。二十代後半の精悍《せいかん》な顔立ちの刑事は、まだ水の滴る名刺入れを見せました。

「伊崎六造《いざきろくぞう》本人のようです」

「やはりそうだったか」

警部はひどくがっかりしていました。

「……青山墓地から奴《やつ》が乗ってる輪タクをつけた。すると墓地の中で、血が滴りはじめた」

それを聞いた刑事が、ちょっと目を大きくしました。

「では警部どのは、はじめからこの男を追っていらしたのですか」

「そうだ。だから不思議でならない。輪タクにひとりで乗ったときは、こいつまだピンピンしていたんだぞ。幌の中で刺されるなんて、誰にそんなことができたというんだ？」

これには小林くんも驚きました。

輪タクに乗った――その客車から血が垂れていた――中村さんが後を追った――すると客車だけ外れて池に落ちた――錫岡刑事が引き上げてみるともう死んでいた。

疾走する密室の中で、いったいなにが起きたというのでしょう。

小林くんは死体を見下ろしました。伊崎と呼ばれた男は、四十くらいの年配でしょうか。かぶっていた戦闘帽の下はゴマ塩の五分刈り頭で、頬から顎《あご》にかけてもじゃもじゃの髭面です。

でもよく眺《なが》めたら、髭の左右が少しずれて見えました。

「それ、付け髭じゃありませんか」

「なんだって」

びっくりした警部が手をのばすと、ズルリと髭が顔から離れました。その下の顔は髭面のときより十以上も若く見えます。

「えっと。きみは誰なんだ」

目をパチパチした錫岡が小林くんに声をかけたので、中村さんが急いで紹介してくれました。

「これは失敬」

刑事はすぐわかってくれました。明智探偵の助手として有名な少年なのですから。

人相の変わった伊崎を、警官ふたりは改めて検分しはじめます。烈日《れつじつ》の下で早くも死臭を嗅《か》ぎつけたか、ハエの羽音が聞こえはじめました。

死相に隈取《くまど》られた被害者は、左手で脇腹を押さえてこと切れています。押さえた下に傷口が開いているらしく、指の間に凶器の白い柄《え》が覗《のぞ》いていました。

「傷口は一カ所だけか」

「匕首《あいくち》でひと突きにされています」

鮮やかな手口といいたくても、わけがわかりません。追跡する中村係長をだし抜いた透明人間が、伊崎六造を刺し殺したとでもいうのでしょうか。

ハエの羽音が増えています。遠くからですがセミの声も流れてくるようです。

薄気味悪そうに見合わせた三人の額を、いちように汗が流れ落ちていました。

ふたりはどこにいるのだろう

夜に入っていくらか空気が冷えたせいなのか、今年はじめてコオロギの声を聞くことができました。あるいはこれまで気づく余裕もなかったのかな。小林くんはそう思いました。

頭上を重く低い爆音が通りすぎて行きます。反射的に目と耳を押さえようとして、小林くんはあわてて手を下ろしました。矢島さん夫婦は今でも防空壕へ入りたくなると笑っていましたっけ。

「このタネをどうするかね」

中村係長が尋《たず》ねました。

「とっておいて庭にまくかい」

中村さんはついさっき、まだ青いミカンを手土産《みやげ》に訪問してきたところです。

あれから小林くんは警察の調べに立ち会った後、渋谷の露店でしょぼくれたスイカを、目の玉が飛び出るような値段で買ってきました。伊勢丹《いせたん》の前で尾津組が開いた闇市に比べると、渋谷はまださきやかな露店しか並んでいません。

やっとの思いで見つけたスイカは情けないほど小さな玉で、家に帰って割ってみたら、果肉は赤くも黄色くもない薄墨色という有様でした。

事件協力の御礼に訪ねてきた警部に差し出したスイカの皿ですが、よほど静かにチャブ台へ滑らせないと、薄く切ったスイカが倒れてしまいます。

「タネなんか皿に吐き出してください。甘くなくてぬるいのは勘弁して」

恐縮する小林くんを、警部が笑い飛ばしました。

「俺《おれ》の土産とドッコイドッコイだ。いや、ありがとう。渋谷で買ってきたんだね」

「はい。まだ焼跡は整地されてませんでしたけど」

シンボルだった忠犬ハチ公の銅像が、供出と称して軍に取り上げられたままなので、宮益《みやます》坂《ざか》から省線《しようせん》のガードをくぐっても、渋谷の実感が湧《わ》いてきません。家並みは見事に焼き払われ、左手の桜丘《さくらがおか》から正面の道玄坂《どうげんざか》まで一気に見通せるのです。視界を遮《さえぎ》るのは東宝《とうほう》と松竹《しようちく》の映画館の残骸だけという有様でした。

東横《とうよこ》百貨店の斜め向かい、広場の対面《トイメン》に『京王《けいおう》電車』の看板が立っていて、井《い》の頭《かしら》線の電車はあそこから出るのかと、小林くんはぼんやり考えたものです。少年探偵団の仲間は近くの麻布から遠くは杉並《すぎなみ》や世田谷に散在して、空襲で大勢が焼け出されました。おなじ被災地でも本所深川《ほんじよふかがわ》みたいに丸焼けの町もあれば、麻布付近のようなまだら焼けもあります。羽柴《はしば》くんや相川《あいかわ》くんの家は残りましたが、ほかのみんなはどうなったのでしょう。戦争が終わってみると、今さらのように心配になります。自転車で行けばたとえ家は焼けていても、住人がどこへ行ったかわかるかも知れません。

「ほら、焼跡に立て札が立っていますね。家族はこの町ですと住所が書いてあるでしょう。だからぼく一軒ずつ出かけてみるつもりです」

「なるほど、いい考えだ。とにかく空襲の心配だけはなくなったからね」

「それでも今日みたいに、素《す》っ頓狂《とんきょう》な消防車が走ってくるし」

少年の言葉に、警部も苦笑いするほかありません。あのアメリカ人たちは、戸山ケ原《とやまがはら》の捕虜収容所からきたそうです。練兵場の片隅に設けられた、墜落したB29やP51の乗員の収容施設でした。その連中が祖国の勝利を知って大喜びで飛び出したのです。

敗戦国の悲しさで、日本の警察に彼らを阻む力はありません。アレヨアレヨという間《ま》に消防車を分捕《ぶんど》ったアメリカ兵は、お祭り騒ぎで乗り回しました。上官の一喝《いっかつ》でやっと騒ぎは収まったそうですが、やがて米軍が大挙して日本に現れることを考えれば、これから先なんとも心細い話ではありませんか。

「軍隊はすでに武装解除されている」

警部はぼやきました。

「治安維持は、われわれ警察の双肩《そうけん》にかかっているわけだ。MP《エムピー》が取り締まるにしても、どこまで目が届くか。問題は深刻だよ」

MPというのは米軍内部を取り締まる警察官のことです。

「こないだまで鬼畜《きちく》米英と教えられた相手だもの。矢島のおばさんなんて震え上がっていますよ、手込めにされるって」

「お隣の奥さんはいくつかね」

「七十五歳だったかな」

警部はお茶を吹き出しそうでした。

「強姦《ごうかん》の心配はないだろう。いや、失敬。少年に話す言葉じゃなかった」

「それぐらい知ってますよ」

小林くんは笑いましたが、子供たちは国民学校も三年になると男女別々の教室に分けられて、強姦どころか接吻《せっぷん》の実態も知らないのが普通だったのです。学校の蔵書の『最新科学百科事典』を見たって、人体の生殖器のページは「その筋のお達しにより」と紙を挟まれ残らず破られていた日本ですから、警部が気を遣《つか》うのは当然でした。

「姦通《かんつう》罪も堕胎《だたい》罪もわかります。だって先生の書斎には、六法全書がありましたから」

「なるほどね」

「男には罰則のない姦通罪だの、おなかの子を流せば堕胎罪だの、女性に不公平ってことも知っています」

「オイオイ、きみ……」

なにかいおうとした警部は、口をつぐみました。

「そうだな。近いうちにこの国も、男女平等になるのだろうな。それが占領軍、おっと進駐軍の方針のはずだ」

「先生はきっと賛成すると思いますよ」

大人の不安をよそに少年はケロリとしていました。

「そう、その明智くんだが……消息を聞いているかね」

「いいえ」

小林くんもちょっと暗い顔になります。

そんな少年を長押《なげし》にかかった写真額から、明智先生の笑顔が見下ろしていました。明智探偵だけではなく、耳打ちでもするような姿勢でまだ子供っぽい小林くんが寄り添っています。とてもよく撮れていますが、わずかに焦げ痕《あと》が残っているのは、空襲の日まで書斎の壁に飾られていたからです。

「軽井沢の奥さんに、先生から最後のお便りが届いたのは、もう一年も前なんです」

「四国からだったな」

明智探偵にきたのは普通の赤紙――召集令状ではありませんでした。予《あらかじ》め海軍から照会があって、佐官《さかん》待遇として呼び出されたのです。新聞や雑誌の特派員並みの待遇でした。

「たぶん先生は、暗号要員だろうと仰《おっしゃ》っていました」

「暗号か。そうだね」

警部は大きくうなずきました。

「ドイツやイギリスの暗号技術は世界一流だが、日本はおよびもつかなかった」

アメリカ空軍の待ち伏せで山本五十六《やまもといそろく》提督《ていとく》が戦死したのは、暗号を解読されたせいだと囁《ささや》かれたのですから。

「先生なら日本独自の暗号を、作ることができたでしょうね」

小林くんが自慢するのも無理はありません。あの『大金塊』事件では、

〝ししがえぼしをかぶるとき
からすのあたまのうさぎは
三十ねずみは六十いわとの
おくをさぐるべし

………

ろくどうのつじにまようなよ〟

という暗号を解いた明智探偵が、見事に賊の一味を逮捕しているのです。けれどすぐに小林くんは肩をすぼめました。

「負けてしまえば、みんなオジャンですね」

いつも元気な少年にしては、声に力がありません。

「明智先生、いつもどってくるのかな」

「おいおい、きみまでそんな顔をするなよ。ピンピンして帰ってくるさ。明智くんだって、それにもうひとり……」

名を上げようとしてためらいました。頭の回転の速い小林くんですから、警部が誰のことをいおうとしたか、すぐにわかりました。

「あいつですね。二十面相！」

密室のおさらい

「そう、怪人二十面相だよ」

いまいましげですが、どこか懐かしむような警部の口調でした。

あれほど新聞やラジオを賑《にぎ》わせた大泥棒ですが、奥多摩《おくたま》にある日原《にっぱら》の鍾乳洞《しょうにゅうどう》で仲間ぐるみ逮捕（どうも彼だけは贋者《にせもの》だったようですが）された後、まったくその名を耳にしなくなりました。

なんの音沙汰《おとさた》もないのは、戦争の激化で彼自身にも大きな変化があったからでしょうか。

「空襲で焼け死んだとか」

自分でいっておいて、少年はクスクス笑ってしまいました。

「爆弾や焼夷弾に追われる二十面相なんて、想像できませんね」

「まったくだ。人並みに田舎へ疎開したのかな」

「二十面相のことだから、戦争中でもちゃんと盗んでると思いますよ」

「しかし東京と限らず全国の町が空襲を受けたからね」

「田舎にだって、二十面相がほしがる美術品はきっとあります」

「戦争でも彼なりの舞台はあるわけだ」

まるで二十面相の活躍を期待するような口ぶりになったので、ふたりは声を揃えて笑ってしまいました。

「それより中村さん」

小林くんが顔をひきしめました。

「今日の事件のこと、詳しく聞きたいんですけど」

「もちろん話すとも。訪ねてきたのもその相談があったからだ」

チャブ台に湯飲みを置いて、中村さんは姿勢を改めました。少年といっても、名探偵の助手として場数を踏んだ小林くんです。目のつけどころといい、頭の回転の速さといい、警部の相談相手としてはもってこいでした。

「輪タクの中で殺された伊崎六造という男は、本職は不動産屋だが、実態は情報屋だな。軍や華族に顔が利いてね、大量の貴金属や装飾品を代理として溜め込んでいる。そういう噂があった」

「隠匿《いんとく》物資のブローカーなんですね」

忠犬ハチ公まで取り上げられたのに、世の中には狡《ずる》い奴が沢山います。その連中は権力者と結びつき希少な物資や宝飾品を隠して(これを隠匿物資と呼びました)、甘い汁を吸っていたのです。

「しかも奴の情報網は、警察にまでのびていたらしい。ガサ入れの予定が筒抜けだったからね。今日ようやく奴の取引場所がわかって張り込んだ。それが青山墓地だったんだよ。奴を追って隠匿物資の隠し場所を突き止めたかった」

「青山墓地では張り込みしにくそうですね」

「なあに負けるものか。墓碑や石垣を縫《ぬ》って追い駆けたんだが、バレて逃げられそうになったところで、きみに出逢ったというわけだよ」

うなずいた少年は真剣な目つきです。

「血はいつから零《こぼ》れていたんでしょう」

「それが妙だ。こっそり墓の間を追っている間に、石畳に落ちている血の痕に気づいたんだが……」

「その間、輪タクは止まらなかった?」

中村さんははっきり肯定しました。

「一度もない」

「取引相手はどんな奴でした?」

「墓石を縫ってバイクで現れた。伊崎から紙袋を渡されて一分とたたぬうちに消えていった。そのバイクの奴に刺されたのではないか、きみがそう思ったとしたら、そうじゃない。接触したのは一瞬で、俺はその様子を卒塔婆《そとば》の間から見ていたんだ」

「うーん」

警部に先回りされて、少年は口惜《くや》しそうでした。

「じゃあ墓地を抜ける間に刺されたというのは」

「それもない。俺は絶対に目を離さなかったし、輪タクも一度だって止まらなかった。だから不思議なのさ」

「ウーン」

小林くんはもう一度唸《うな》りました。

「そのまま墓地下《した》まで下りたんですね」

それなのに石畳に血痕が落ちていたなんて、どうにも理屈に合いません。

「いちばんに怪しいのは運転手だが、自転車を走らせながら後ろの客車まで、手が届かないだろう？」

まったくその通りです。

「輪タクは伊崎の仲間なんでしょうか」

「ああ、俺に気づいた後の逃げっぷりを見ても、ただの業者じゃなかったな」

それは小林くんも同感でした。ホンの数メートル近くまで、襟首《えり》の黒子《ほくろ》をふたつまで数えるほど迫ったのに、残念でなりません。

少年はふと思い出したように、錫岡のことを尋ねました。

「刑事さんは、どうして駆けつけることができたんです？」

「俺と組んで監視役だったからね。墓地では別な場所を張っていたんだが、走り出した俺に気づいて事情を察した。輪タクと俺は墓地を大回りしたが、錫岡は青山通りを走って近道を抜けた」

「ああ、だから先回りできたのか。……せっかく頑張ってくれたのに、運転手を逃がしてしまったなあ」

責任を感じている少年を、中村さんが慰めました。

「消防車が割り込まなければね。……それにあのまま追っていたら、きみも危ない目にあっただろう」

そんなことになれば、明智さんに顔むけできない、そういうつもりなのでしょう。空咳《からぜき》した警部は、話題を変えました。

「あの後の検証だが、気になることがわかった。根津邸から都電通りへ出る前に、壕舎があったことを覚えているかね」

「はい。自転車のハンドルを引っかけましたから」

あのときは小林くんもあわてました。ハンドルが引っかかっただけで、今にも倒れそうなバラックでしたから。

「その壕舎から刺殺死体が見つかった」

「えっ。それも殺人事件なんですか！」

これには少年もたまげました。

「しかも伊崎六造と似た髭面の男だ」

「偶然の一致――でしょうか」

「そうとは思えないんだ。なぜかというと、そいつの髭も付け髭だった」

「……」

小林くんの驚きはつづきました。

「偶然とは考えにくいのだが、ではそれがどんな意味を持つかわからんというのが、正直なところなのだよ」

警部は困惑の色を隠せませんが、あべこべに少年の顔が、少しずつ輝いてきたのはどうしたことでしょう。

「小林くん？」警部は不思議そうに見つめました。

「なにか考えがあるようだな」

「はい……あのう」

ちょっともじもじしてから、口を開きました。

「ぼく、明智先生にいわれたことがあるんです。観察力を養うということは、ただ見たものを記憶するだけじゃだめだって」

「ほう？」

「ぼくは見たつもりになってるけど、もしかすると事実を見たのではない、嘘《うそ》を見せられたのかも知れない。そこまで疑ってこそ、本当に見たことになるんだって」

「よくわからないんだが」

警部は正直な返事をしました。

「明智さんのその教訓が、今度の場合に生きてくるのかね」

「……はい」思い切ったように、小林くんはうなずきました。

「ぼくの考えたこと、聞いてくれますか、中村さん」

少年は推理する

「もちろん聞くとも。いや、ぜひ聞かせてくれ」

社交辞令ではない証拠に、警部さんはグッと体を乗り出しました。

「繰り返しになるけど、中村さんと錫岡さんのふたりで、伊崎を監視していたんですね」

「ああ、そうだ。取引場所に青山墓地を使うという情報で、俺は墓地下、錫岡は青山通り寄りで待機予定だった。彼と別れてすぐ、俺は運よく取引に現れた奴を見つけた……人目のないのをいいことに、輪タクで乗りつけてきた」

「それで、予定より早く尾行できたんですね」

「だがけっきょく墓地下で輪タクに見つかったよ。不意にスピードがあがったので、しまったと思ったが遅かった」

そのときの様子をおさらいしているのでしょう、中村さんは瞑目《めいもく》しながら語ってくれました。

「……取引を終えてから、輪タクは一度も止まっていない……それなのに俺は、客車から石畳に垂れた血に気づいた……実に不可解だよ」

行き詰まった様子の警部を見て、小林くんは話題を変えました。

「錫岡さんて、どんな刑事さんでしょう」

「どんな、といわれても」

警部は面食らったみたいです。

「勤務成績がいいので、俺の直属になったばかりだ。家族は全員被災して、ひとり暮らしだが」

「私は墓地下から見張る、錫岡さんにそう話したんですね？」

「ああ……」生返事した中村係長は、ちょっと目を大きくしました。

「なにをいいたいんだ、きみは」

「はい。……さっきの明智先生の言葉です。見たものと見せられたものを区別しなくては、事実はわからないって」

「……？」

「警部さんは、墓地の中で伊崎を見つけ、零れる血の滴《しずく》に気がついた……それは確かに警部さんが見たものでした。このときの伊崎と輪タクは、尾行されていることをまだ知りません。ですよね？」

「そうだよ」

「墓地下からは、輪タクが凄い勢いで走り出しました。伊崎が警部さんの尾行に気がついた……」

「そう俺は考えたね」

「それから先の血の滴りは、見たというより伊崎に見せられたんじゃないか、というのがぼくの推測なんだけど」

「なんだって」

「そう考えなくては、なぜ刺した者もいないのに客車から血が流れたか、理由がわからないんです」

「確かにわからん」

ぶすっと漏《も》らした中村警部ですが、すぐ顔をひきしめました。

「待て、待ってくれ。血の滴りを俺に見せた、それは伊崎の思惑《おもわく》だったというのかい」

「はい。警部さんを見物人代わりに、血を見せたのだと思います。乗っているのは怪我人《けが》だぞって」

「ではそれ以前に、墓地で零れた血はなんだったんだ」

「練習したんじゃないですか。まだ中村さんに見つかっていないと思って」

小林くんがケロリとして答えたので、中村さんは呆気《あっけ》にとられました。

「血を零す練習を？」

「ゴムの袋にでも入れていたんでしょう。中身の血は犬だって猫だって構わない。どれくらい垂らせば、路面に痕が残るのか。行先まで袋の中の血は足りるのか。その目安を測ったんじゃないでしょうか」

「行先まで……って、つまり俺は伊崎が垂らした血に、誘導されたってことかね」

「それなら刺した者がいなくても、血は滴りますから」

「伊崎は俺をどこへ誘うつもりでいたんだ」

「思いつきだけど、中村さんが話した壕舎まで」

「壕舎！」

警部さんはぎょっとしました。

「刺殺死体があった小屋か！」

「はい」

「うむ……わかってきたぞ、小林くん。死んでいたのは、伊崎そっくりの髭の男だった。そこへ輪タクが突入する。ひと足遅れて俺が小屋に駆け込んだときは」

「付け髭を外した伊崎と、輪タクの運転手は逃げ失せています」

「後に伊崎そっくりの刺殺死体が残っていて、それを伊崎と誤認する間抜けなお巡りの役が、俺ということか」

「この時世なら身元不明の死体も探しやすかったでしょう。伊崎が死んだとなれば、警察は追及を諦めます。隠匿物資の行方の探索も頓挫《とんざ》します。それが彼の目論見《もくろみ》だったのではないでしょうか」

「バカにしとる、俺は猿芝居の見物人か！」

温顔の中村さんは顔を真っ赤にして――それから考え直した様子です。

「だが実際には、俺が追っていた伊崎は本当に死んだんだよ」

「ええ、付け髭の贋者《にせもの》でしたけど」

「ああそうだったな。そもそもあの贋伊崎が死んだのはなぜだ。零した血が俺を誘う疑似餌《ぎじえ》なら、奴の傷も嘘だったはずだ」

「嘘の刺し傷が本物になったんです」

「おお……では、すると」

警部は思い当たった様子でした。

「池に飛び込むまで、傷は贋だった。だが池から引き上げられたときは、確かに刺されて死んでいた……」

「はい。それができたのは」

「つづけざまに飛び込んだ錫岡だけか」

泥水の中でひと突きにしても、駆けつけた中村さんの目に留まることはなかったでしょう。贋伊崎を刺す機会があったのは、あの刑事ひとりでした。

「想像で疑うのはイヤだけど、伊崎たちに墓地下で警部が見張っていると、予め伝えておけたのは錫岡刑事だけですから」

「……くそっ」

思わず大きくなった警部の声に、コオロギたちがピタリと鳴きやみました。

敗戦後車内スケッチ

明くる日の空は鉛色の雲が垂れ込めて、頭を押さえつけられるような、むしむしとイヤな陽気です。

通勤時間をすぎていたのに東横線の車内は満員でした。小林くんが立っているあたりは、昼間というのに灯火管制みたいに暗くて気が滅入ります。窓はあっても割れたガラス代わりに、ベニヤ板が打ちつけてあるからです。それでも遠くから届く風が、汗まみれのおでこをちょっぴり慰めてくれました。

小林くんの行先は多摩川園ですが、電車は自由《じゆう》ヶ丘《おか》駅でますます混んできました。ついこの間まで〝自由ヶ丘〟なんて、アメリカかぶれの名前をやめろという声があったけど、アメリカに負けた今はその人たちも、〝自由ヶ丘〟は素晴らしい名前だといいだしたのでしょうね。

突然、スシ詰めの中で歌いだした子供がいます。首をのばすと、それは四つか五つの男の子でした。

「日の丸鉢巻締め直し　ぐっと握った操縦桿　万里《ばんり》の怒濤《どとう》何のその　往《ゆ》ーくぞロンドン　ワシントン！」

ついこの間まで小林くんも歌っていた軍歌『索敵行《さくてきこう》』でした。「空だ空こそ国懸《か》けた天下分け目の決戦場」という歌詞が、今ではちょっと気恥ずかしくて、小林くんは苦笑いしました。死人のように動かなかった乗客のなん人かもクスッと笑うと、坊やを膝《ひざ》に乗せたモンペのお母さんがあわてました。

「およしなさい、もうじき日本へマッカーサーがくるというのに！」

男の子は平気で声を張り上げます。

「出てこい、ニミッツ、マッカーサー！」

「やめてよ！　アメリカ軍に殺されるわよ！」

お母さんがおろおろするのも無理ありません。中村係長が嘆いていました。三浦《みうら》半島あたりでは米軍が上陸すれば幼児は軍用犬の餌《えさ》にされるとの、恐ろしいデマが飛んでいるそうです。

「インテリのはずの鎌倉《かまくら》の婦人方が、本気で震えているんだからなあ」

朝から晩まで鬼畜米英と教え込まれれば、たいていの人は信ずるようになるのでしょう。

間違った教育は怖《こわ》いと、生まれてからずっとそんな学校教育を受けてきた小林くんは、頭を抱えたい気分です。

そういえば矢島のおじさんが、小林くんを相手に威張《いば》っていました。

「よくやったよ、日本は。負けたとはいえ無条件降伏だ。賠償金もなく領土も取り上げられない、無条件で降伏できたんだから大したもんじゃないか」

このときばかりは小林くんも呆《あき》れ果てました。

「全面的に白旗を掲げることを、無条件降伏というんです！」

終戦の放送も天皇陛下の言葉の意味がよくわからず、ソ連に宣戦布告したのだと思って、校長を先頭に万歳《ばんざい》三唱した学校があったそうですから。

今も小林くんが乗っている電車の中で、戦闘帽の痩せた老人がヨタヨタと立ち上がったところでした。

「坊や、その元気だ！　日本は勝つ、必ずや勝つ、キミも大きくなったら陛下の馬前で勇ましく死ね……ぐえっ」

おかしな声を漏らす老人から、小林くんのあたりまでアルコールの匂いが漂《ただよ》ってきます。昼間からバクダンでも呑《の》んだのでしょうか。違法合成のめちゃくちゃ強いアルコール飲料のことです。

「きゃあ！」

不意に大勢の悲鳴が上がりました。なんと爺《じい》さんが国民服のズボンを下げている！

田園調布《でんえんちょうふ》駅の構内に入る電車が揺れ、窓越しにマンサードの赤い屋根が見えると、足を滑らせた老人は、股間《こかん》の一物《いちもつ》を引っ張りだしたまま仰《あお》向けになりました。はずみで臭くて黄色い液体を噴出させたからたまりません。車内は大混乱になりました。

手品みたいに老人の周囲がドドッと空いたのには、小林くんも呆れるより先に感心しました。あんなに詰まっていた車内でも、いざとなればちゃんと空くじゃないか！

少年が降りたのは、騒ぎがいくらか収まった次の多摩川園前駅です。

駅名になった多摩川園は三月から休園中でしたが、緑濃い丘の向こうには陽光を跳《は》ね返して多摩川が流れていました。

麓《ふもと》は田園調布に連なる住宅地ですが、あちこち戦火の痕をとどめて、居住者の多くは疎開から帰ってきていません。小林くんは町の一角にあった、少年探偵団の篠崎《しのざき》始《はじめ》くんの家を訪ねてきたのです。

おなじまだら焼けでも、麻布に比べれば遥《はる》かに多く緑の木立が残っており、セミの声も降るようでした。セミは戦争が終わったことなぞ知らん顔です。

探偵団は従兄弟《いとこ》やその友達といった繋がりで家の離れた団員もいて、そのひとりが篠崎くんでした。

篠崎家は焼けていましたが、転居先はすぐわかりました。焼け残った門柱に板が打ちつけられ、一家は無事で秩父《ちちぶ》に転居したとあったのです。アア、よかった。そう思うのと、当分会えないのかという気分をまぜこぜにして、小林くんは歩きつづけました。

左手に焼跡が連なり、右手は武蔵野の面影をとどめる雑木林です。空襲の火を浴びたせいか、どことなくしおたれて見える木々ですが、セミはこの世の名残《なごり》とでもいいたげにわめき散らしておりました。

焼跡を背負うように交番がポツンと残っていて、制服のお巡りさんがひとり机に向かっています。欠伸《あくび》をしようとした矢先に少年が通りかかったので、あわてて口に手を当てました。

その様子が可笑《おか》しくて小林くんは小さく笑ってしまいます。

交番をすぎると、右に細い道が分かれ、そこから暑くて長くて広い通りがはじまったのです。えんえんとつづく大谷石《おおやいし》の塀を見ただけで、小林くんはうんざりしてしまいました。

おなじ道を引き返すのもつまらないと考えて、帰りは田園調布駅に出るつもりでいたのですが、右側は厳《いか》めしい塀の連なりでがっかりです。今から引き返すのも癪《しやく》なので、少年は汗をかきかき歩きつづけました。いったい中のお屋敷には、どんな人が住んでいたのでしょう。よく見ると塀の上の忍び返しがところどころ壊れており、笠石《かさいし》も燻って見えるので、塀の中は焼跡に違いありません。

退屈な塀もやっとひと区切りつきそうになったとき、一台の自転車が目と鼻の先の門から、ヒョイと現れたのです。

爆風で傾いた鋳鉄《ちゆうてつ》の門は、びっくりするほど大きな構えでした。塀の内側も今はただの空き地ですが、以前はさぞ美しい前庭だったことでしょう。正面の道を挟む木立はまだ生きていて、堂々とした枝振りのケヤキです。突き当たりに炎をかぶった石の擁壁《ようへき》。彫像の獅子《しし》が口を開けていたのは、洋風の壁泉《へきせん》と思われます。さらにその奥には、ニョッキリ立ちはだかるコンクリートの壁。爆弾の直撃を受けて三階の高さから斜めにそぎ落とされていました。

焼跡とはいえその規模の大きさは、さながらヨーロッパの荘園という趣《おもむき》でありました。

だが、小林くんが目を奪われたのは一瞬です。

走り去る自転車の男に気づいて、ハッと我に返りました。

汗塗《まみ》れの半袖シャツの襟首に、黒子がふたつ見えたではありませんか。

あの輪タクの運転手です！

追いつけないのは承知の上で、小林くんは猛烈な勢いで駆けだしました。

それがいけなかったのです。

「わっ、ちょっ、ちょっと、きみ！」

声を聞いたときはもう遅く、ザバッと水を浴びせられてしまいました。お隣はギリギリ焼け残った和風のお屋敷でしたが、その門から現れた男がバケツの水を道にぶちまけたのです。

いくら身軽な少年でも走り去る男に注意を集中していたので、避けもかわしもなりません。

腰から下が川に落ちたみたいにぐしょ濡れとなってしまいました。

明石子爵とその母堂

バケツを手に立っているのは、焦茶色の丸縁《ぶち》メガネをかけた大人しそうな人でしたが、立ち尽くす小林くんを見て、気の毒なほどあわてました。

「すいません、すいません、すいません」

つづけざまに頭を下げて「明石《あかし》」と表札のある門の中へ、小林くんを連れて行きます。品のある顔立ちながら、うす汚れた国民服に、下駄履きというでたちでした。戦時中はまるで男の制服みたいに使われていた衣服です。

追跡を諦めた小林くんは、謝られるままメガネの男に従ったのですが、古いが格調ある玄関へ招じ入れられたので、少々気が引けてきました。

「さあどうぞ、さあどうぞ」

男はこの家の主人と見え、ズンズン式台に上がってゆきます。下駄を脱《ぬ》ぎ捨てた沓《くつ》脱ぎ石の立派なこと。

「あの、もういいです。手拭《てぬぐ》いだけでも貸してもらえれば」

「いやいやいや！」

男のメガネが一段と光りました。

「とんでもない。せめてズボンだけでも着替えてください」

「着替える？」

小林くんはびっくりしました。

「だってぼく、替えなんて持ってきてません」

「ですから私のズボンを差し上げます。古いものですが坊ちゃんのサイズにぴったりでしょう」

坊ちゃんが自分のことだとわかるまで十秒かかり、わかったときはもう、広々とした座敷へ通されていました。水が流れるような自然な動きに、小林くんは抵抗する暇《いとま》もなかったのです。

「母さま」

やさしく声をかけた男は、襖《ふすま》の一枚をスッと開けました。

その向こうもおなじ大きさの座敷でしたが、きらびやかな色彩の布団にくるまれて、ちんまりした顔の老女が仰臥《ぎょうが》していました。声をかけられてもじっと天井を見上げるばかりで動きません。髪は真っ白です。この女性が主人の母親なのでしょう。

「母さま……」

もう一度声をかけた男は、スルスルと入ってゆきます。後ろ手で襖を閉じたので、姿は見えなくなりましたが、声は筒抜けです。

「お客さまなので、しばらくそばを離れます。ご用はなにか」

「いいえ、なにも……」

か細い糸のような答えがありました。

「私にかまわずお行きなさい」

後に軽い咳が残りました。

「はい。それでは」

短く男が応じると、また襖が開きました。チラと見えた老母は寝返りを打ったらしく、白《しら》髪《が》頭だけが見えました。

建物がしっかりしているせいでしょうか、あれほどけたたましかったセミの声がずっと遠くに聞こえて、奇妙なほど静まり返った空間でした。

別室に移った小林くんは、すすめられて簞笥《たんす》から出されたズボンに穿《は》き替えました。気《き》色《しょく》悪かった下半身がスッキリして、思わず笑顔になってしまいます。布巾《ふきん》や手拭いまで含めて、ずっと以前から衣類はすべて切符制でしたから、一枚の雑巾《ぞうきん》を手に入れるのもひと苦労だったころなのです。

改めて小林くんは、丁重に御礼をいいました。

「おかげで助かりました、明石さん」

相手は驚き顔です。

「これは失礼。私はまだ名乗っていなかったんだが」

「表札が出ていました」ちょっと笑ってから、

「ぼく、小林芳雄といいます。明石さんと仰ると子爵さまですね？」

明石は戦国時代からつづいた武家の家柄でキリシタン大名として高名でしたが、大坂夏の陣で豊臣《とよとみ》方についたため落魄《らくはく》しました。それでも由緒ある華族というので、町内にいた篠崎くんから名を聞かされていたのです。

「これはどうも。よくご存じだ」

苦笑したメガネの人が明石子爵で、さっき母さまと呼んだのは先代の夫人に違いありません。

「長らく体調を崩していて、この数日が峠なのですよ」

子爵は力なく語ってくれました。

家がガランとしているのは、空襲が激しくなったため、夫人と子供たちを那須《なす》の別荘に疎開させたからとのことです。

「死ぬならこの家でと母上がいい張るので、私ひとりで面倒を見ています。さいわい近くにかかりつけの医師や通いの家政婦がいるのでね」

のんびりとさえ見える明石子爵の物腰ながら、メガネの奥の目に、なみなみならぬ苦労が偲《しの》ばれました。

貴重なコーヒーとトースト（ちゃんとバターが塗ってあった！）までご馳走《ちそう》になった小林くんは丁寧《ていねい》に御礼を述べて、龍土町に帰りました。中村さんに、あの運転手を見たことを報告する必要もあります。

昨夜話した自分の考えがどこまで当たっていたか、早く知りたかったのはもちろんです。少年の推理に驚いた警部とは、今朝早くから錫岡刑事の過去や背景を洗い直し、本人にじかに問いただすとの約束ができていました。

家にもどったのはもう日暮れどきです。茶の間の電灯のスイッチをひねるとすぐ、けたたましくベルが鳴ったから驚きました。

「電話だ！」

家を出たときはまだ不通だったのに。急いで黒い筒みたいな受話器を耳に当てると、聞き覚えのある中村捜査係長の声が飛び出してきます。

「おお、いたね小林くん」

中村さんの知らせは、とんでもないものでした。

「錫岡刑事が殺された」

いよいよ正体を現した敵

鍚岡刑事が殺された！

さすがの小林くんも、息が詰まりそうになりました。

受話器から中村さんの漏らした溜息が聞こえます。

ゆうべ小林くんの話を聞き終えたときの、反応を思い出しました。しばらくコオロギの唄に耳を傾けた警部はやがて口を開いたのです。

「うなずけるな。奴らが計画通り行動するには、不測の事態がふたつ起きたことになる。それが事件を不可解な形にしたんだ……」

敏腕の係長だけあって、小林くんのいいたいことを手際よく纏《まと》めてくれました。

ひとつは、自分が予定より早く伊崎の輪タクを見つけたこと。もうひとつは、飛び入りの小林少年が輪タクを追い詰めようとしたこと。

このままでは死体のすり替えは無理と判断した輪タクは、ハンドルを切って根津庭園に向かいました。輪タクと鍚岡はそんな場合の打ち合わせもすましていたのでしょう。駆けつけた錫岡は、輪タクを庭園に追い遣《や》り、池の泥水でカムフラージュして贋伊崎を刺殺しました。そして身軽になった運転手は、小林くんの追跡をふり切ったのです。

一連の動きを見ればわかります。

計画を反故《ほご》にしてまで速やかに輪タクの舵《かじ》を切った運転手こそ、主犯だったのではないか。つまり本物の伊崎ではなかったか。客車の中で血を垂らしてみせた贋者は、いざというときの捨て駒であったと想像がつきます。

「伊崎も今なら油断しているだろう。手っとり早く錫岡を押さえて、主犯逮捕に持ち込もう」

そう意気込んでいた中村さんであっただけに、先手を打たれた口惜しさを隠しようもありません。

電話の向こうで中村さんは苦々しい口ぶりです。

「錫岡まで捨て駒にして使い潰《つぶ》すとは！」

彼は昨夜遅く呑み屋街の片隅で、嘔吐した汚物に塗れて死んでいたそうです。酒に目のない錫岡は、青酸系の毒を混入された酒をあおって、即死に近い状態だったとか。中村さんの話を聞いて、小林くんは暗然としました。うちつづく戦争で命なぞ物の数に入らなかったことは、日本人なら骨の髄《ずい》まで染み込んでいます。伊崎六造というブローカーも、人間の命なんて吹けば飛ぶようなものと思っているに違いありません。

「怖い奴ですね」

伊崎の後ろ姿を見たばかりの少年は、しみじみと呟《つぶや》きました。

「戦争中は軍や政治家どもと繋がっていたのに、これからは占領軍――進駐軍というんだっけ、よその国の軍隊を相手に儲けたいんだ。仲間の命を踏み台にして!」

「そんなことはさせん! ……といいたいが」

警部も即座には反論できません。進駐軍の傘の陰に隠れた伊崎がたとえどんな悪企みを働いても、警視庁は無力であったのです。

「戦時中の悪事は贋者に押しつけて、本物は新しい事業を起こそうと張り切っていやがるんだ!」

少年が口汚くなるのも当然でしょう。

一億総懺悔《ざんげ》、負けたのは日本人みんなが悪かったためと、新聞はいいたてます。つい先週まで「神国日本は必ず勝つ」と叫んだおなじ新聞が。

「うーむ」

しばらく唸っていた中村さんが、ようやく口を切りました。

「伊崎らしい男が現れたのは、四谷《よつや》邸からなんだね」

「え……」少年は口ごもりました。

「四谷だったかなあ。あいつが出てきたのは、明石子爵家の隣の、まるで公園みたいに広い焼跡だったけど」

「そう、そこが四谷剛太郎《ごうたろう》の屋敷なんだよ！」

中村さんの言葉に力がこもると、小林くんも大きくうなずきました。

「立派なお屋敷が建っていたはずだ……あれが四谷重工業の社長の家だったのか」

四谷重工業は、傘下《さんか》に四谷鉄鋼、四谷兵器、四谷航空機、四谷発動機などを抱える大企業の中核会社でした。戦時下の軍需生産を一手に引き受けた、日本最大の財閥の本拠だったのです。

(凄い土地だったなあ！)

少年探偵団結成を唱えた羽柴くんの家も、麻布で名高い豪邸ですが、その三倍はありそうな広い敷地と思われました。

「明石家の隣なら間違いない。まして伊崎らしい男が姿を見せたのなら、確かに四谷城だよ」

「お城ですか？」

「そういう渾名《あだな》だった。皮肉なことにその城は丸焼けになって、隣の小さな子爵邸が残ったがね」

うへえ、あれで小さいなんて。その明石家にさえ圧倒された少年は、首をすくめました。

「土地はどれだけあるんだろう。よくあれほど手広く構えたものですね！」

「それはそうだよ。強引に子爵家の土地まで一部を買い取ったんだ」

「あ、そうなんですか」

「大正のころに比べれば明石家は三分の二になった。防災倉庫建設のため、そんな触れ込みで安く買った敷地を、まるまる自分の家の庭にした……軍需産業で儲けて、金の使い道に困ってたのさ」

温厚な中村さんが、嚙《か》んで吐き捨てる調子でいいました。

それで小林くんは、影の薄かった明石親子を思い出しました。あの大人しそうなメガネの子爵では四谷の羽振りに抵抗できなかったろうな……。

「その焼跡から、伊崎が出てきたというのは？」

「あいつの上得意だからね、四谷家は」

電話越しに中村警部の腹立たしさが伝わってきます。

伊崎は軍や四谷のような特権階級に食い込んで利便を図りながら、多額の裏金をせしめていたに違いありません。むろん利便のうちには、物資の隠匿や闇の流通が含まれていたでしょう。

日本が戦争をはじめた理由のひとつは、人口ばかり多い資源小国の悩みを解決しようと、無理やり背伸びしたためです、周囲の国には迷惑な話でしたが。そんな状況ですから戦局が悪化すればますます物資が不足します。子供の小林くんにも痛感できたのは、愛読していた雑誌の付録が六年前に消えて、雑誌の本体までどんどん薄くなっていったことでしょう。

軍備のための鉄も銅も払底《ふってい》して、日本中の鉄道のレールが剥《は》がされ、お寺の梵鐘《ぼんしょう》から渋谷のハチ公像まで鋳潰《い》されて、銃や戦車に化けたのですが、造っても造っても戦争で失う数には追いつきません。

家庭の鉄製品、鍋釜なんてとうの昔に国に召し上げられています。徽章《きしょう》も金ボタンもレコードの針も、今では瀬戸物でできているのです。

世の中は正直者ばかりではありませんから、役人の目を盗んで隠匿物資を溜め込む狡い人が大勢いました。伊崎のような悪党が大活躍する舞台ができたわけです。戦争がつづくにつれて、大声で怒鳴って偉そうな奴ほど、トクする世の中になりました。

四谷家ほどの特権階級になれば、軍部の庇護《ひご》のもと大量の物資を動かせたため、まじめで仕事に忠実な中村さんなど、しばしば悔しい思いをさせられてきたはずです。

戦争の旗色がはっきり悪くなった去年でさえ、東京會舘で軍人や権力者がパーティを開きご馳走を食べたと警備役だった中村さんは零しました。

「ほしがりません勝つまでは」といい聞かされて育った小林くんですが、負けてしまったこれからは、日本はどうなるのでしょうか。

もちろんまっとうな日本人が、まっとうな暮らしができる国になると、小林くんは信じました。

はっきりいえば、信じたい気持でいっぱいなのですけど……。

後一週間もたたない内に、アメリカ軍を筆頭に進駐軍が大挙して日本占領のためにやってきます。

これまでうまい汁を吸わせてくれた軍部がいなくなれば、次のお得意様は進駐軍。伊崎のような悪党は、そう考えているに違いありません。日本の裏側であいつらがのさばっている限り、戦争中とおなじ強い者勝ちの、理不尽さがつづくのではありますまいか。

「伊崎と四谷家は太い綱で結ばれている」

中村さんは、電話口でそういいました。

「四谷剛太郎は、日本軍が占領した国々を回って美術品を蒐集《しゅうしゅう》してきた。あの男は欧米社会にも名の通ったコレクターなんだ。インドの王族に伝わっていたガンダーラの秘仏なんて、世界中の美術愛好家が涎《よだれ》を垂らしている」

ガンダーラ。その名前なら小林くんも聞いたことがあります。インドの西にパキスタンという国があって、そのガンダーラ地方にはギリシャ芸術の流れを汲《く》む仏教美術の粋《すい》が、数多く残されていたそうです。

「乾陀羅《けんだら》の女帝と渾名がついた等身大の仏像でね。政府としては大東亜政策を進めるため、インドの独立派を味方につけたい。懐柔《かいじゅう》のためにまず秘仏を返却しようと考えた。だが四谷剛太郎は命令に従わなかった」

小林くんもびっくりしました。

「そんなことができたんですか」

「五月の空襲で秘仏は破壊された、彼はそう突っぱねたのさ。広壮な四谷城が全焼したのは事実だ。だがあのコレクターが、空襲に備えて収蔵庫を設けなかったはずはない」

剛太郎としても自慢の一品であっただけに、乾陀羅はいつも身近に置かれていたという話があります。警部の調べでも、四月末に剛太郎の邸を訪ねた軍の幹部が、秘仏を見せられて唾《つば》を呑み込んだという噂です。

「どこかに秘仏を隠しているんですね」

「そうだ。これは俺だけじゃない、警視庁上層部の一致した考えなんだが、四谷剛太郎は乾陀羅の女帝をひそかに進駐軍に進呈するつもりだろう……」

「アメリカ軍への賄賂《わいろ》にするんだ」

「そう」

電話線から、中村警部の苦々しい気持が伝わってきます。

「公《おおやけ》には、もうこの世に存在しない秘仏だからね。汚い取引に使うのも自由なのさ」

最後は溜息まじりで、中村さんがいいました。

「一介の警官が足を運んでも意味をなさないが、いかにも悔しい。なにができるかわからんが、俺は明日四谷城の焼跡へ行くつもりだ」

「ぼくも行きます」

反射的に小林くんはいいました。

「明石さんにズボンも返したいし。もし伊崎を見つけることができたら、しめたものですから！」

二十面相が登場する

そういうわけで明くる日は、少年は警部と連れ立って田園調布駅に降り立ちました。昨日の瀬踏みで、四谷家へ行くならこちらで下車した方が便利とわかったのです。

いわば敵情視察ですから、中村係長は警察の制服ではなく、くたびれた国民服を着ていました。

風の強い日です。空には濃淡さまざまなねずみ色の雲が、不機嫌そうに群れて走っていました。

「嵐がくるんですってね」

小林くんがいいました。ラジオの天気予報が、三年八カ月ぶりに再開されたばかりで、台風の接近もわかっていました。

「雨風が強いらしい。進駐軍も大事をとって、マッカーサー元帥の来日を遅らせた。それはいいんだが驚いたよ」

「なにがですか」

「燃料を運ぶパイプを、東京湾から元帥が到着する厚木《あつぎ》の飛行場まで、進駐軍はたった三日で敷設した」

「へえ！」これには目を丸くしました。

「そんなことができるんですか！」

「日本なら三年かかりそうだ」中村さんが情けなさそうに笑っています。

「焼跡のガラクタも、ブルドーザーという大型車であっという間に片づけたらしい。南方の敵飛行場をいくら爆撃しても、すぐ敵機が飛び出してくるのは、そんな機械力のおかげなんだ。日本のモッコや鶴嘴《つるはし》では追いつかないわけだ」

「そうなんですか……」

少年は溜息をつきました。

笄坂を息絶え絶えでリヤカーを曳いていた夫婦と、はじめて乗ったはずの消防車を、自分の車みたいに操っていた若い黒人。

大和魂だけでは勝てなかった事実を、見せつけられた思いだったのです。

「やあやあ、小林くん!」

肩越しに声をかけられてふり向くと、メガネの殿さまがそこにいました。知らない内に明石家の前を通り越していたようです。

「ちょうどよかった。これ、返しにきたんです」

ズボンを包んだ風呂敷包みを差し出すと、相手はすぐに察してくれました。

「きみに進呈したつもりでいたのに……でもありがとう」

ズボンを取り出した明石子爵は、きちんと畳んだ風呂敷を小林くんに返します。この時節では風呂敷一枚もバカになりません。下情《かじょう》によく通じている殿さまなのでしょう。

「母上の具合が思わしくないのでね。医者を頼んできた」

　このあたりは、まだ電話の復旧が遅れているらしいのです。

「そんなわけで、ここで失礼するよ。ごめん」

「お大事に！」声をかけたときはもう、片手で挨拶を送った子爵は、あわただしく門の中に消えました。

　セミの声を伴奏に進むと、桜の大木の下を越え、大谷石の塀に挟まれた門構えが現れました。

「ここか」

　呆れ顔の警部が塀を見上げます。

「こんな高さに、泥棒はどう登るのかね」その後少しばかり唇を曲げていいました。

「残念ながら焼夷弾には、忍び返しも役に立たなかった」

　そんな皮肉を無視するように、石段の上から堂々たる門柱が見下ろしています。入るには爆風で傾いた鉄の門扉《もんぴ》をくぐり、内部に張られた鉄鎖をまたがねばなりませんが、今日のところは外から眺めるだけのつもりでした。

　ところがそうはゆかなくなりました。

　ギョッとしたように、小林少年が捜査係長の腕を摑《つか》みました。

「中村さん……あれ！」

「ん？」

係長も気がつきました。

左側の門柱に張ってある一枚の書き付け。

それは粗末な紙に印刷された市販の領収書でした。

〝貴殿ご秘蔵の『乾陀羅の女帝像』一式
確かに頂戴《ちょうだい》仕《つかまつ》り候《そうろう》
昭和二十年八月二十六日
二十面相
四谷剛太郎殿〟

「なんだ、このいたずら書きは！」

中村警部と並んで争うように門柱の書き付けを見上げていると、

「おい、あんたたち！」

背後で荒々しい声が上がりました。

見ると黒塗りのフォードから降り立った三人の男が、ふたりを睨《にら》みつけています。中村さんはゆったりした笑顔を見せました。

「おかしな書き付けがあったのでね。なんだろうと見ていたのですよ」

「書き付け？」

「領収書ですがね。ホラ、とんでもない人物の署名がありますよ。二十面相だそうです」

中村さんはいかにも愉快な冗談を飛ばしたような口ぶりでしたが、男たちはそうはゆきませんでした。

「二十面相！」

三人いっせいに口を開けて、まるで呪文を唱えるみたいに、その名を呼ばわったのです。真ん中にいた口髭の紳士が目配せすると、運転手らしい若者が突進してきました。門の中央にとられた車路の両側に、歩行者用の石段があります。若者はひとっ飛びで、警部と少年の間へ割り込みました。

領収書を睨みつけた目玉が、今にも飛び出しそうです。

「に、二十面相です、確かに！」

もうひとりの男が石段を駆け上がってきました。小林くんを押し退《の》け、書き付けをビリリと剝ぎ取りました。

「確かに頂戴と書いてあります！」

「……ふん」

紳士の口髭がそよぎました。笑ったみたいです。

ゆっくりとみんなのそばへ上がってきた彼は、書き付けをよそに中村さんに声をかけました。「警察のお方ですな」

左右の男ふたりが、顔をこわばらせます。

小林くんは感心しました。平凡な国民服姿の中村さんなのに、すぐわかったんだ。

領収書をためつすがめつして、紳士が念を押しました。

「警視庁の捜査一課でいらっしゃる？」

「さよう、中村です。あなたは四谷剛太郎氏の秘書でいらしたか」

「これは失礼。佐脇《さわき》と申します。いつぞや役所でお目にかかりましたな」

ああ、それで顔見知りだったのか。小林くんは納得しました。

「そう、隠匿物資の件でね。四谷氏代理として来庁願ったときです。さすがご記憶にすぐれておいでだ」

「恐れ入ります」

佐脇秘書は丁重に頭を下げました。禿《は》げかかった頭頂部が少年に見えるくらい、低くお辞儀しました。でも小林くんは騙《だま》されません。

（嘘がうまそう）

そう直感しました。正直な大人、威張るのが好きな大人、いつも小さくなっている大人、いろんな種類の大人がいることは子供にもわかります。この紳士は、中でも人を騙すのが上手な大人だと思ったのです。

中村さんだって負けていません。にこやかに尋ねました。

「ここに書いてある乾陀羅の女帝ですが、書き付けによれば二十面相が受け取ったとある。奇妙な話ですな」

「奇妙と仰ると」

「あの秘宝なら、空爆で粉微塵《みじん》になったと届け出されたはずです。二十面相が頂戴できるはずはないのですが」

「ああ、それは違います」

あっさりと佐脇が手をふりました。額には汗ひとつかいていません。

「違うと仰る？」中村さんが額に皺《しわ》を寄せました。

「すると女帝は健在だったのですか」

「いや、そうではありません。空襲で微塵になったのではなく、焼けたのですよ。乾漆仏《かんしつぶつ》はよく燃えますから」

「するとなぜ二十面相が、こんな書き付けを残したのですかな？」

「さて」

口髭を軽く撫でつけた佐脇は、首を傾《かし》げてみせました。

「私のような一般人に、泥棒の考えがわかるはずはない。……では」

軽くお辞儀した四谷重工業社長秘書は、ふたりの男にいいつけました。

「入るぞ」

「はっ」

まるで忠犬のようでした。ひとりが無駄のない動きで門の鎖を外し、もうひとりは自動車に駆けもどってエンジンを始動させています。

「お役目ご苦労さまでした」

佐脇はぬけぬけとそんなことをいいます。

「これからわれわれは邸内を見回ります。警察はどうぞお引き取りいただきたい」

「問題の乾陀羅の女帝が無事かどうか、確かめるおつもりですな」

佐脇は笑っていなしました。

「とっくに壊れた秘宝を、今さら確認する必要はありませんよ」

秘書が乗り込むとすぐ、車は盛大にエンジンをふかして車路を駆け上がり、門の中へ突入します。いったん停止した車から男が降りてきて、鎖をもとにもどすと警部にくそ丁寧な敬礼を送りました。

焼けた並木の間を抜けた車は、壁泉を迂回《うかい》してたちまち姿を消したのです。

「……なるほどね」

ほろ苦い笑《え》みの警部に、小林くんがいいました。

「あいつ、空を見上げたようだけど」

「たぶん……」

石段を踏んだ中村さんはいいました。

「ごらん。――火の見櫓《やぐら》に四谷家の見張りがいるようだ」

「ああ、そうなんだ」

少し離れた場所に、四谷城の焼跡を一望できる火の見櫓が建っていました。

なにごともなかったように、ふたりは大谷石の塀に沿って歩きだします。説明がなくても察しはついていました。今のうちに外からだけでも、四谷家を観察しておこうという、警部の考えでしょう。

世間話でもするみたいに、ふたりはぼそぼそと言葉を交わしました。

「右手に交番があるだろう。詰めているのが中川《なかがわ》という巡査でね。きみに会う前に電話をして確かめた。今日はまだ四谷家に出入りした人間も車もないそうだ」

「あの場所なら、四谷家を監視するには絶好の場所ですね」

欠伸をしていたお巡りさんは中川というのか。小林くんがその名前を覚えたとき、警部が笑いました。

「四谷家がここへ転居したとき、土地は手配するから交番を置くよう申し入れがあった。要人警護のためだそうだ。おかげでこんなとき重宝する」

小林くんも笑っています。

「警護というより監視に使ってるんですね。門が丸見えだもの」

中川巡査のおかげでわかったのは、三日前から午後三時を目処《めど》に、おなじ番号をつけた自動車がくるということです。だだっ広い焼跡をその都度手分けして巡視するらしく、およそ一時間後に帰ってゆく。それがいつものことのようです。

警察側の監視が交番なら、四谷の見張り役は火の見櫓らしい、と中村さんはいいました。

なるほどあの角度と高さなら塀に囲まれた広大な焼跡も、一望の下に収められるでしょう。もともと四谷家が町に寄贈した櫓でしたが、町内の半ばが灰塵《かいじん》となった今、櫓は無人で打ち捨てられていました。

それなのに巡査の話では、この櫓にもまた三日前から人影が立つようになったとか。しかも双眼鏡を覗いているというのです。

交番に出る手前で中村さんは、塀の角を左折しました。そこから先も左手の塀は長々とつづきます。玉電《たまでん》の駅ならひと区間くらいありそうです。右手に焼け残った雑木林では、アブラゼミがひりつくような声を揃えています。厚い雲から雨が零れ落ちる前に、少しでも鳴いておくつもりなのでしょう。

警部がボソリと口にしました。

「二十面相をよく知っているきみだ。あの領収書からなにかわかったことがあったかい」

怪人はなにを企てたか

少年の答えは打てば響くようです。

「あります」

「あいつは見栄っ張りでした。貴重な美術品を狙《ねら》うときは、決まって予告しました。驚いた持主が警察に届け出る。それを新聞社が嗅ぎつけて大見出しで扱う。だから二十面相はあんなに有名になったんです」

「うん。それで?」

「としたら今回もきっと四谷剛太郎氏に、予告したと思うんです。乾陀羅の秘仏を頂戴する……だから櫓に見張りを立てたり、秘書が定時に巡察をはじめたのだと思います」

「同感だね」

「でも、四谷家は警察に知らせませんでした。壊れたと嘘をついて隠した大事な宝物《たからもの》だったから。二十面相はそこまで読んでいたと思うんです」

「だから〝領収書〟を張ったというのかね。それはなぜ」

「はい。これほど世の中が混乱しているときに、美術品を二十面相が狙っても、新聞が取り上げるでしょうか。無理ですよね」

小林くんがいうのはもっともなことでした。あらゆる生産設備が戦争に動員されたため、紙不足も深刻です。タブロイド判といって小さな紙面に記事をぎゅう詰めした新聞が、各社共同で発行されていた時代ですし、東京や大阪の大新聞社は輪転機ごと燃えてしまいました。社会面の記事を掲載する余裕なんてなかったのです。

怪盗がいくら予告しても、新聞にさえ載らないのでは、穴の開いた太鼓を叩くようなものでした。

「ですから二十面相は乾陀羅の女帝の場合は、新聞の大見出しを諦めたと思います」

「ほほう。すると〝領収書〟にはどんな意味があったんだね」

「女帝はまだ四谷家に隠されていると思います。〝領収書〟はそれを炙《あぶ》り出すためではないでしょうか」

「なるほど。予告ばかりかあんなものまで見せつけられては、四谷家も大あわてだ。本当に秘仏は盗まれたかどうか、確認するし移し替えようとするだろう」

「でもそれだけではないと思うんです」

少年はニコリとしました。

「二十面相はあの領収書を、中村さんやぼくに見せたかったんです」

小林くんの大胆な言葉に、中村さんは目をパチクリさせました。

「どういうことだい、それは」

「そこが二十面相らしいところです。新聞が書いてくれないなら、せめて明智小五郎と対決したい。今度こそあの名探偵の鼻を明かしてやりたい。残念ながら明智はまだ帰っていないから、助手の小林芳雄だけでも舞台に引きずり出して、手玉にとろうというのが、二十面相の気持ではないでしょうか」

中村警部があまりまじまじと見るので、小林くんは顔を赤らめました。

「あの……ぼくはそう考えたんですが、違うでしょうか」

「いやいや」

あわて気味に手をふって、警部は目を細めました。

「明智さんに似てきたね」

「はあ？　そうですか」

少年はちょっと恥ずかしそうです。

「考えた理由を聞かせてくれないか」

「はい。あの領収書は門柱にじかに張ってありました。この天気です、いつ雨になるか知れません。だったらセルロイドにでも挟めばいいのに裸でした。降り出す前に発見してくれると思っていたんです、二十面相は」

「うん。つまり秘書の巡回前に張ったわけだね」

「でも実際は、それ以前にぼくたちが見つけました。これって偶然なんでしょうか」

「どういうこと？」

「ぼくたちの行動を見張っていたような気がします」

「二十面相がかね」

「……はい」

答えてから小林くんは、遠くそそり立つ火の見櫓を眺めました。

「なにか光りました。四谷家の見張りが双眼鏡でぼくたちを見ているんです。でも、門のあたりは見えませんね」

それは中村さんも気づいていたようです。四谷家と明石家の間に、桜の老木が枝をのばしていました。濃い緑が覆い被さっているため、櫓から見下ろすことができません。

「領収書を張るところを、櫓から見られたくないはずです。だから奴は、桜の葉陰を辿《たど》ったと思います。交番からは遠すぎて、車の出入りくらいしかわからないでしょうし」

「確かにね」

「時間的にも位置的にも限られた範囲でしか、二十面相は領収書を張ることはできませんでした」

「うん」

中村さんがうなずくと、しばらく会話が途絶えて——やおら警部は、自分から口を切りました。

「……で、きみの出した結論は？」

「いえ」

珍しく小林くんが口ごもっています。

「まだ出ていません。……考えたことはあるんですが、まだ」

「ははは」

中村さんは愉快そうです。

「ますます明智さんに似てきたぞ」

「えっ？」

「こんなとき、決まって彼はいうんだよ。考えたことはあるが発表の段階ではないとね。名探偵の資格は意地悪なことだ」

「そんな……ぼく、大事をとってるだけですよ」

少年が憤然とそう答えたとき、長かった四谷家の塀が尽きました。いや、そこから直角に折れただけで、大谷石の塀はさらにつづきます。

「すごい敷地だなあ、正《まさ》しく四谷城だ」

小林くんはうんざり顔で角を曲がりました。城の裏手にあたる一帯は、一車線の狭い道で区切られています。

反対側はブロック塀が連なり、一部壊れた部分が適当な板塀で囲われていました。その内側に建っているのは、焼け爛れた三階建てビルの壁面だけ。住まいではなく、どこかの事務所だったようです。

右の大雑把《おおざっぱ》な境界に比べて、左――四谷家の囲いの厳重なこと。試しに飛び上がってみましたが、とうてい内部まで目が届きません。でも火に炙られた塀には崩れた隙間《すきま》があり、内部を窺《うかが》うくらいはできました。大規模な庭園が広がっていたようですが、

「庭もきれいに焼けてますね」

「残ったのは築山《つきやま》に四阿《あずまや》、石灯籠《いしどうろう》といったところさ」

「土蔵もあったみたいですよ」

「高窓から火が入って、中の品物はすべてダメになった」

「あれ。じゃあ二十面相が狙った秘仏はどこなんだろう」

小林くんの考えが正しければ、領収書は賊の誘い水でしたから、乾陀羅の女帝は焼跡のどこかに隠されているはずです。

中村さんが説明してくれました。

「空襲前に立ち入り検査した係は、屋敷から土蔵から隅々まで調べ尽くしたと報告書に書いている。ただ一カ所を除いてはね」

「へえ？」

「別に珍しい建物じゃない。きみが通っていた国民学校にもあったはずだよ」

「そうなんですか？」

「小さいが頑丈にできている。和洋混合のコンクリート製で、正面は堂々たる両開きの扉だ……」

少年が気づきました。

「奉安殿《ほうあんでん》ですか」

「そうだよ。四谷剛太郎氏の愛国の念に報じるため、宮中から恩賜《おんし》のご真影《しんえい》が授けられた。それを安置する奉安殿ができていたんだ」

警視庁の役人である中村さんは、ほろ苦い笑いを浮かべていました。

「たとえ立ち入り検査でも、奉安殿を調べることはできなかった。不敬罪《ふけいざい》で訴えられたら、出世が止まる。役人なら誰でもそう忖度《そんたく》しただろうよ」

神がかりの国日本で、もっとも安全な隠れ蓑《みの》だったのが奉安殿です。

その名を耳にすれば、この時代の子供なら反射的に直立不動の姿勢をとったはずです。日本の内地はもちろん朝鮮台湾まで、国民学校には必ず置かれた施設でした。

周囲に玉砂利《たまじゃり》を敷き詰め、小さいが森厳《しんげん》な雰囲気を備えた奉安殿には、畏《かしこ》くも天皇陛下と皇后陛下のご真影（肖像写真のことです）が安置されていて、紀元節など決められた日になると恭《うやうや》しく講堂の中央に飾られます。その前で礼服に身を固めた校長先生が、清浄潔斎《けっさい》の上で教育勅語《ちよくご》を奉読する儀式が、義務教育にはあまねくついて回りました。校長先生が読み上げる間、正座した生徒たちは頭を下げて拝聴します。奉読が終わって顔を上げた子供たちは、いっせいに鼻をすすり上げます。その騒がしい音が小林くんには忘れられません。

大日本帝国が負けた今、全国の奉安殿はどうなるんだろうなあと、少年はぼんやり考えました。取り壊されるんだろうか。ひょっとして後なん年かすると、日本人は学校に必ず奉安殿があったことさえ忘れるのかも。まさか！

すると中村さんはいったのです。

「乾陀羅の女帝は、奉安殿に隠されたのさ」

「えっ」

そんな畏《おそ》れ多い！　不敬罪じゃないか。

でもすぐに思い返しました。日本は神国と本気で信じた大人なんて、国の上層部にはいなかったわけだ。本気でいたのは、羊みたいに飼い馴《な》らされた一般の大人と、ぼくたち子供だけだった。

だから四谷剛太郎は、平気で奉安殿に秘仏を隠すことができたんだ。

「ほら、ここから覗けるよ」

中村さんが教えてくれたので、大谷石の隙間に目を当てました。

「あれですね、神社の本殿みたいな建物が焼け残ってます……あっ」

あわてて塀から顔を離したのは、視界に男たちがどやどやと入ってきたからです。このご時世によく召集を逃れたと呆れるほど、元気そうな若者が五人いました。

「秘仏の輸送をはじめるんだろう」

中村さんが軽くいい、少年はうなずきました。

二十面相の目論見通り、四谷家は動きを見せています。秘仏の無事を確かめた上で、別な収納場所に移動させるつもりでしょうか。

「でもよくわかりましたね」

庭とは塀で隔てられていますが、つい声をひそめてしまいます。

「警察にも情報をくれる者がいる」

こともなげな警部に、小林くんは感心しました。

「スパイを入れてたんですか」

「諜報員《ちょうほういん》を使うのは軍隊だけじゃないさ」

中村さんはブラブラと歩き出しました。

四谷がおおっぴらにできない存在の秘仏なら、警察も正面切って調べるわけにゆきません。

キツネとタヌキの化かし合いだと、少年は可笑しくなりました。そういえば中村警部はタヌキに似ていたけど……。

(でも食糧難で痩せたから、今はキツネ寄りになってる)

笑いをこらえて、大谷石とビルの残骸に挟まれた一本道を辿りながら、小林くんは呟きました。

「奉安殿から盗み出すのは難事業だ。ああ、だから二十面相は領収書で四谷家を揺さぶって、移送させようというんだな。それにしても、どうやって盗むんだ？」

少年に同調して、警部もぶつぶつ独り言を漏らします。

「あいつのことだ、とんでもない作戦を立てているんだろうが……」

中村さんは空を仰ぎました。薄墨色だった雲が一段と濃さを増したようです。横殴《なぐ》りに風が吹くと、薄くなった頭の髪が大きくもつれました。

「三方は大谷石の高い塀、明石家との境は煉瓦塀だ。空いている方角といえば」

「空だけですね」

少年が相槌《あいづち》を打ちます。確かに空は二十面相の得意な舞台でした。軽気球を操って逃走する怪人に、しばしば痛い目を見てきた警察なのです。

「でもこの風では……」

「無理だ、凧《たこ》どころか軽気球でも流されるだろう」

すると二十面相は、どんな手段で盗もうというのでしょう。たとえ秘仏の移送を確定できたところで、この天候では手も足も出ないではありませんか。

「四谷側も警察に頼れないのは辛いだろう。憲兵に検問されたら元も子もない」

マッカーサー元帥の来日を控えて、日本中がピリピリしている最中です。すべて武装解除された軍でも、例外として憲兵は治安維持に駆り出されていました。

敗戦に不満を抱く軍人たちが、かき集めた武器で襲いかかったら。万一にもそんな不祥事を起こせば、日本は世界中から袋叩きにされるでしょう。

「移送するのは、夜と決めたようだ」

中村さんがいいました。正体不明のスパイの情報と思われます。

「自動車一台でひっそりとね。その程度の動きなら、憲兵も目くじらを立てまいよ」

「そうでしょうね」

怪人側にしても大がかりな夜襲をかけては、警察ばかりか米軍先遣隊の注意を引いてしまいます。いったいどんな手を打つんだろう。

考えながら歩いていると、大谷石の塀が尽きました。四谷家の敷地が終わったわけではありません。石に代わって目の詰まった丈の高い木柵《もくさく》になりました。

「ここからが、買収したもと明石家の土地なんだ」

中村さんの説明に、少年はうなずきました。

今夜行われるであろう犯罪の舞台の四谷家は、逆L字型になっています。長方形の広い土地に、付録みたいな矩形《くけい》の旧明石家が繋がっているからです。

木柵のおかげで明石家だった土地は、道から観察することができます。和風の庭の四谷家と違い、こちらは洋風に仕立てられていました。広々とした舗装の空き地と、木柵沿いに花壇の跡らしい草むらが見え、立ち枯れた花の茎が哀れでした。

「ローラースケート場だったそうだ」

「へえ……そんなものを、個人で」

四谷家には及ばずとも、華族さまはさすが優雅でした。

「先代の明石氏は鉄道マニアで有名だったよ。コレクターなんだ」

「どんなものを集めたんですか」

「信号機や転轍機《てんてつき》、駅の表示だの……車両を丸ごと買い取ったとも聞いてるよ」

「凄いや」

小林くんも男の子ですから、汽車や電車は大好きなのです。

「だけど……それ、どこに集めていたんでしょう」

そんな膨大《ぼうだい》なコレクションが、和風の平屋にあったとは思えません。中村さんも詳しくは知らないようでした。

「地下じゃないかな。大規模な防空壕を造成したという噂があった」

「ますます凄いな。……ええと」

小林くんが足を止めました。

「あんなものがあります」

「なんだろうね」

スケート場の明石家寄りにピョコンと立っていたのは、1メートルくらいの高さの石の台座でした。その上にはなにも置かれていません。

「銅像を供出した跡でしょうか」

「それにしては小さな台座だが」

あまり立ち止まっていると怪しまれるので、ふたりはそそくさと歩きだしました。数歩歩いてから小林くんが思いつきました。

「日時計かも知れない」

「日時計？　だったら台の上になにか据えつけてあるだろう」

日時計は紀元前3000年の古代エジプトに、すでに存在したそうです。その場所の緯度に応じた角度で台座からのばした棒の影が、時計の針の役を果たします。台座に目盛りを刻

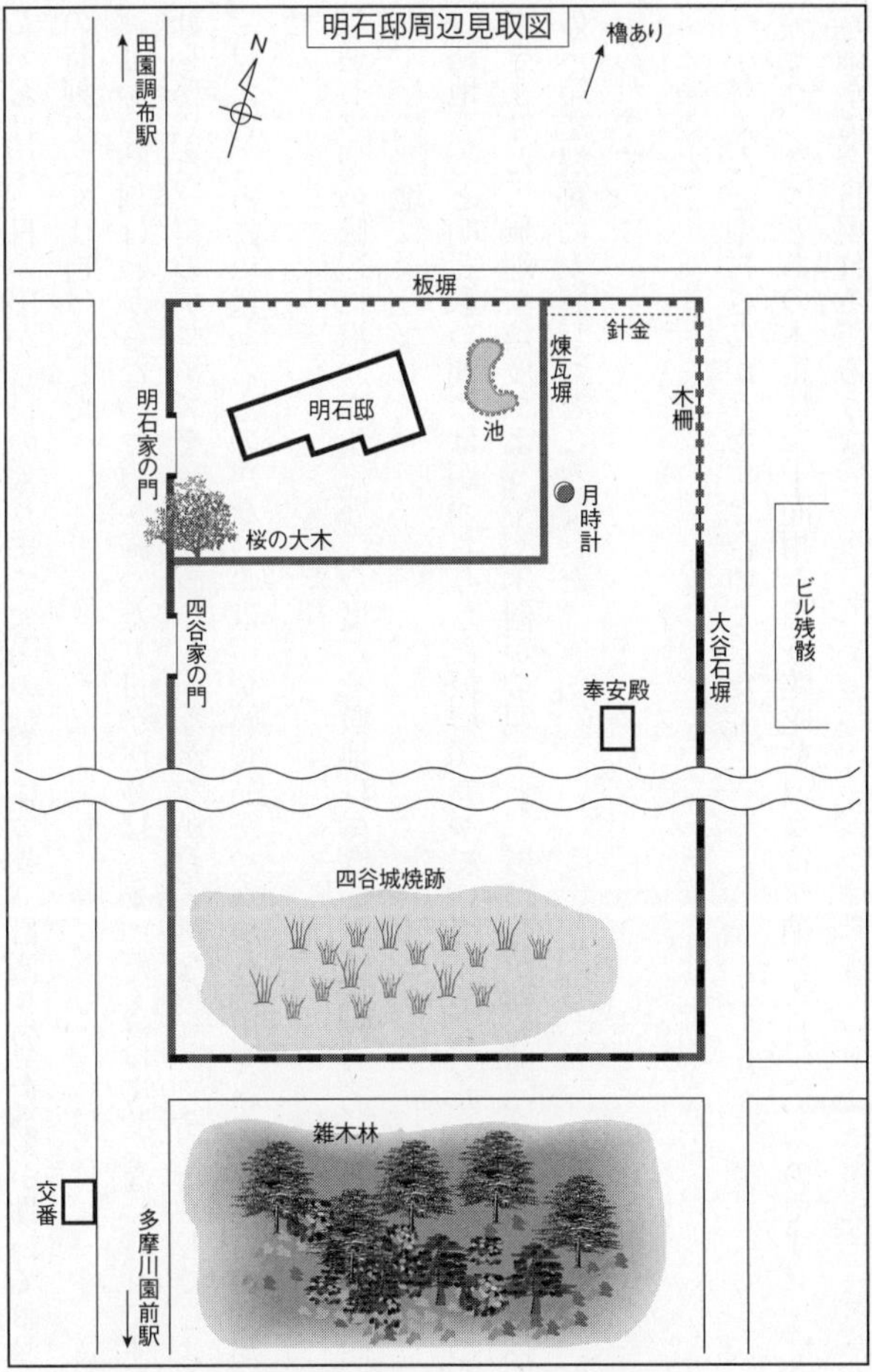
明石邸周辺見取図
田園調布駅
N
櫓あり
板塀
針金
煉瓦塀
木柵
明石家の門
明石邸
池
月時計
桜の大木
四谷家の門
大谷石塀
ビル残骸
奉安殿
四谷城焼跡
雑木林
交番
多摩川園前駅

んでおけば、日の出から日の入りまで太陽の動きにつれ、日盛りの上を影が動いておおよその時刻を示す仕掛けでした。

細かい時刻はわからないし雨が降ったり日が沈めば、まったく役に立たない時計ですが、針を務める三角のブロンズを台座に置くと、なかなかお洒落《しゃれ》な装飾になったことでしょう。見たところ針に代わるものがないのは、金属製品だったから供出させられたのかも知れません。

逆L字型の底辺に沿って歩くと、今度こそ敷地は尽きて、焼け残りのしもたやを正面にしたT字の路地になりました。

路地ともと明石家の間にはがっちりした板塀が立っていて、そちらから内部を窺うことはできません。無理な角度でようやく木柵から覗くと、男たちが奉安殿から運び出した長方形の木箱を焼跡に安置したところでした。

(あれですね)

(そうだね)

小林くんと中村さんがうなずき合いました。

そう、きっとあの木箱に二十面相が狙う乾陀羅の女帝が納められているのです。

「確かに今日現れるだろうな」

警部の独り言に、少年ははっきり返事をしました。

「今夜十二時すぎです」

「わかるのかい」

聞き返されて小林くんが、ちょっと得意そうに告げました。

「領収書の日付は明日でしたから」

「おお、確かに」

張られた〝領収書〟を警部も読んだはずでしたが、日付まで記憶しなかったと見え、中村さんは苦笑します。

「盗んでもいないのに前倒しの領収書を張ったのかと思ったが、日付を明日にしておけば理屈は合う」

薄くなった頭を撫でました。

「俺もトシだな。若い小林くんには敵《かな》わんよ」

セミの声を吹き飛ばすように風が猛《たけ》り、雲の向こうを日はゆるゆると落ちて行く気配です。

二重に張られた捕物陣

中村さんの計らいで交番で待機するのを許された小林くんは、二十面相の企みをすべて見届けようと目を見張っています。

もちろん中村さんは捜査係長として、警視庁よりすぐりの刑事たちを配置につかせました。追跡戦になれば機動力が必要と、自動車もなん台か奮発しています。怪人が飛行機を動員でもしない限り、取り逃がすことはありません。そして敗戦直後の日本の空は進駐軍の支配下に置かれているのです。どんな軽飛行機でもアメリカ空軍は見逃さないでしょう。

警部が受けた知らせによると、午前零時半を目処に移送が開始されます。

焼け残った家の明かりがポツン、ポツンと見えるほかは、町は死んだように眠ろうとしています。夜が更けるにつれ、僅《わず》かな明かりもひとつまたひとつと消えました。

借りた椅子《いす》にお尻を乗せた少年は、交番の入り口から、遠く四谷家の門を睨みつけているのでした。

その向こう、明石家の前あたりでしょうか、一台の車がライトを消して停まっていました。

暗いので視力に自信のある小林くんでも見えにくいけれど、中村さんが乗っているはずの車です。

焼跡では四谷家の男たちが、時間になればすぐ女帝を運びだすでしょう。狭い裏道も路地も刑事が目を光らせています。内外に張りめぐらせた監視の目を、二十面相がどうくぐり抜けるのか、少年にもまるで見当がつきません。

もしかしたら、今夜の襲撃はハッタリじゃないのか。

そんな考えさえ浮かびました。

おなじことを思っているのか中川巡査が、小林くんの背後で溜息をつきました。

「大騒ぎしてネズミ一匹も出なかったら……」

警察は赤恥をかく。そういいたかったのでしょうが、このお巡りさんはまだ怪人の几帳《きちょう》面《めん》さを知りません。心配しなくても二十面相は、決して予想を裏切らなかったのです。

異変はだしぬけに起こりました。なんの前触れもなく夜空がギラリと白光《びゃっこう》を放ったのです。

雷？　いいえとんでもない。

「うわっ」

空を仰いだ巡査が両手で顔を押さえました。

なんという眩《まぶ》しさでしょう、庭園上空が煮えたぎったみたいです。

「照明弾だ！」

叫ぶと同時に小林くんは、四谷家の門めがけて突進しました。何度か歩いて見当をつけていた少年は、ほとんど目を瞑《つむ》ったまま駆けて行きます。

周囲を監視していた刑事の中には「空襲だ」とわめいた者もいたそうです。つい十日前B29の焼夷弾攻撃で、家を丸焼けにされた人でした。

アルミニュウムの粉末を手榴弾《しゆりゆうだん》に詰めても、簡易な照明弾は造ることができます。二十面相の一味は、裏手に建つ焼けたビルから投げつけたようです。光につづいて猛烈な白煙が立ちのぼりました。発煙筒なのでしょう。

小林くんが駆けつけると、中村警部に率いられた刑事たちが、顔を歪《ゆが》めながら門へ乱入してゆくところでした。

遥か向こうの焼けビルに蠢《うごめ》く人影が見えて、とっさに小林くんは怒鳴りました。

「目を瞑って！」

両目を固く閉じるのと同時に、全身を叩きつけるように地面に伏せます。空襲慣れした少年の本能的な行動でした。

二十面相の部下たちは、間合いをとって攻撃せよと指示されていたのでしょう。中村さんたちが躍り込むのを待ち構えて、照明弾の閃光《せんこう》を降らせました。

さすが中村警部は小林くんどうよう地面に伏せましたが、手遅れだった警官のなん人かは絶叫して転げ回ります。強烈な光に目を焼かれて、しばらく行動不能になった様子に見えました。

つづけざまに濛々《もうもう》たる白煙が視界を覆い尽くし、目に異常のない小林くんも、手探りで進むほかありません。

やっと正面の壁泉を迂回して本館の焼跡に辿り着きます。足元は危うい瓦礫《がれき》の山と谷ですが、無理やり見当をつけて突っ走ると、男に腕を摑まれました。

「きみは誰だ！」

涙でぐしょぐしょの顔ですが、見覚えのある口髭は秘書の佐脇でした。まったく目が見えないのか、必死に少年に取りすがります。

「ぼくは小林芳雄、少年探偵団です！」

「あのときの子供か、ありがたい」

声をすっかり嗄《しやが》れさせていました。

「木箱を！　木箱を確保してくれ！」

「どこですか、乾陀羅は？」

この期《ご》に及んでもシラをきるかと思ったのですが、さすがに今はそれどころではないようでした。

「足元にあるはずだ、頼む、見てくれ。近づく者がいたらそいつが二十面相だ！」

そのとき佐脇の声にかぶさって、幾人かの男の絶叫が耳を劈《つんざ》いたのです。

「空だ、空を見ろ！」

あまりの急迫した叫び声に、小林くんも真上に目をやりました。

アア、なんということでしょう。漆黒の空を背景にポッカリ浮かんだ巨大な気球。小林くんや中村さんが予想していた、オモチャみたいなアドバルーンではありません、ビルの三階ほどもありそうな図体《ずうたい》の気球が、強風にもビクともせず浮揚してゆきます。その下に吊《つ》られているのは、紛《まぎ》れもなく長方形の箱でした。

気球と箱は見る見る内に遠ざかってゆきます。いつの間にか少年の隣に中村警部が立っており、惚《ほう》けたような声を漏らしていました。

「あれは〝ふ号兵器〟だ！　秘密兵器の風船爆弾だ！」

またも少年は推理する

小林くんが龍土町の家に帰り着いたのは、もう日も高くなったころです。

クタクタの少年を、矢島のおばあさんが優しく迎えてくれました。

ゆうべからろくに食事をしていないと聞くと、おばさんがサツマイモの雑炊《ぞうすい》をすすめてくれました。夏でも、力をつけるにはこの方がいいそうです。

塩味だけの雑炊ですが、七輪で長い時間コトコト煮てあったので、イモの甘みがほんのり喉を通ってとてもおいしく感じました。

少年が疲れていたのも無理はありません。

あのとき、木箱を吊って消え去ろうとした風船爆弾が、上空の風に押し流されて視界に舞いもどったのでした。

警察に四谷家の車も加わって、深夜から黎明《れいめい》にかけて追跡戦が展開されました。灯火管制は終わってもろくに町の明かりがないので、目視で気球を追うのにみんな苦心しました。空から追いたくても、米軍の許可がなくてはできません。けっきょく日の出のころには標的を完全に見失ってしまいました。

四谷家周辺に用意していた車は追跡に動員され、連絡のため交番に残った中村さんは、次々とかかってくる電話に張りついています。その応酬を耳にしながら、小林くんも手に汗を握っていました。

車が風船を捕捉できなくなっても、各地の警察から目撃情報が寄せられてきます。最後に気球を見た者がいたのは、利根川《とねがわ》の河口に近い銚子《ちょうし》の漁港でした。

そこでいったん連絡が途絶え、中村さんは首筋に流れる汗を拭き拭き、小林くんに話しかけました。東の空はとうに明るくなっています。

「この三月まで、アメリカに向けて風船爆弾を放ったのは千葉と茨城からだった。気球は振り出しに帰っていったんだ」

ふ号兵器の存在を知らなかった少年のために、中村さんが詳しく説明してくれました。東京では日劇《にちげき》や国技館《こくぎかん》、東京宝塚《たからづか》、名古屋では東海《とうかい》中学、瀬戸内海《せとないかい》の大久野島《おおくのじま》などで造られたこと。材料は埼玉の小川《おがわ》和紙が最適で、それをコンニャク糊《のり》で貼り合わせたこと。

「おかげで乏しい献立が、いよいよ貧しくなった」

中村さんは笑いました。コンニャクまで食卓から消えて、兵器に化けてしまったのですから。

「風船に焼夷弾を吊るして飛ばしたんですか！」

小林くんは目を丸くしました。まさに日本独特の発想、独特の材料を使った独特の新兵器です。西から東へ、北太平洋を貫流する偏西風《へんせいふう》に乗せたのですから。そんな風船爆弾なら、嵐を衝いて浮揚することが出来たでしょう。無誘導でも大陸ふたつを股《また》にかけて、なんと7700キロメートル。世界大戦に使われた兵器としては、最遠距離到達の記録を樹立しているのです。

残念ながらこの件に関してアメリカは、沈黙に終始したため、爆弾放流の結果を確かめることは、できませんでしたが。

「まあ、仕方がない」中村さんは諦め顔でした。

「具体的な戦果より、心理的効果を狙ったのだからね。一矢《いっし》報いたことさえわかれば、気休めになるさ」

「そんな秘密兵器を、二十面相は持ち出せたんですか？」

「戦争に負ければ秘密もなにもあったもんじゃない。春に作戦中止したのだから、完成した気球は大量に保管されていたはずだ。銃器や戦車と違って、放置しても実害はないから、管理が大雑把だったんだろう。水素ガスを充塡《じゅうてん》するまでは体積も小さい」

警部は苦笑していました。

「まさか二十面相に悪用されるとは誰も思わないから……」

そのとき交番に警視庁から電話が入りました。

「わかりました。本官も現地へ急行します！」

風船爆弾らしい気球が、福島県の小名浜《おなはま》に落下した知らせでした。

「秘仏の箱は、どうなったんでしょう」

あわただしく尋ねると、顔をしかめて車に乗った警部の答えは、

「見つからなかったらしい」

そして確保してあった自動車で、すっ飛んでゆきました。

取り残された小林くんは、とうに動き出していた東横線に乗って、ようやく麻布へ帰ってきたというわけです。

おなかがくちくなると、もう矢も盾もたまりません。敷布団をのべて大の字に引っくり返ってしまいました。

それですぐ眠ることができたら幸せでしたが、なぜか小林くんの頭の一部だけ、100ワットの電灯に照らされたように、冴《さ》え冴《ざ》えと光っていたのです。

どこかおかしい。

耳元でもうひとりの小林くんが囁くのです。さすがに癇癪《かんしゃく》が起きました。

うるさいなあ。ぼくは眠いんだぞ。

それでももうひとりの強情なこと。

ダメだ、眠っては！　考えてみろよ、あの女帝盗難事件は絶対にヘンだ！

どこがヘンなんだよ？

よく考えてみろ、小林芳雄。あのときの風船爆弾は、いったいどこから現れたというんだ？

「ちぇっ」

舌打ちした少年は、いが栗頭をゴシゴシかいて寝返りを打ちました。

それくらいのことなら、あの場でちゃんと考えたじゃないか！

四谷家の裏に、三階建てのビルの壁が焼け残っていた。その陰に隠しておいたのさ、二十面相の奴は。

だがあいつは、どうやって風船に、秘仏の箱を吊るしたんだ？

決まってる。秘書の佐脇さんたちが、照明弾で目くらましされた間に……。

あの短い時間にかい？

直後に発煙筒も投げ込まれたじゃないか。光の次は煙だ。視覚を奪われて狼狽《ろうばい》している間に、みすみす貴重な秘仏の箱を……。

そう、視覚を奪われた。二度目の照明弾で警察の人たちの目もやられた。だけどそれは二十面相の一味だっておなじことだろ？

え？

思いも寄らなかったことを、もうひとりの自分に指摘されて、小林くんはすっかり目が覚めたみたいです。

あの光と煙を縫って、奴らは気球に箱を吊るしたのか。どこまで届いてるかわからない気球の綱を、手探りで？

なるほど、その通りです。明かりは使えなかったんだぞ。

す。あの短い時間に目を瞑ったまま、木箱を気球にブラ下げるなんて芸当ができたでしょうか。

しかも箱に入っているのは、脆《もろ》くて壊れやすい乾漆仏でした。強い衝撃を受ければ、どんなはずみで秘宝に傷がつくかわかりません。

そんな貴重品をレースのバトンみたいに扱うなんて、美術品専門の怪盗がやるとは思えません。とはいえゆっくり運ぶ時間だってないでしょう。

（訓練された警官隊が、それほど長く二十面相一味の動きを見逃すわけがない、確かにおかしいや！）

自問自答した小林くんは、やがてひとつの結論に辿り着きました。

あれは――あの気球爆弾は、まやかしだ！

あんな大仕掛けな道具を見せられれば、誰もが空に注意を集中してしまう。それこそが二十面相の手品の種だったのでは？

奇術で観客を誤導する典型的な方法です。

「ハイ、みなさん、ごらんください！」

そういいながら高々と右手を翳《かざ》す。そのとき実は手品師は左手でタネを仕込んでいるのです。ふ号兵器とやらを盗んで夜空に飛ばしたのが、実は二十面相のこれ見よがしな右手だったとすれば。

予想もしない伏兵に護衛が気をとられた隙に、秘仏の箱をかすめ取った二十面相。ではあいつの〝左手〟は、どこに隠されていたのでしょうか。

乾陀羅の女帝を消す方法

夜が明けるのを待ちかねて、小林くんは行動を開始しました。

中村さんに連絡をとろうとしましたが、昨日の追跡戦に疲れ果てたのでしょう、タフな捜査係長もまだ警視庁に顔を出していません。それで小林くんは、留守番役の刑事さんに伝言を頼みました。

「昨日見張っていた交番に行きます」

それから全速力で、多摩川園前駅に向かいました。

二十面相が動き出すとしても、今朝の早い時間なら先回りできる。そう安心していたのですが、少年の考えは甘かったようです。

ひと際客が混み合う自由ヶ丘駅で転落事故が発生しました。さいわい客は無事でしたが、台風近しの予報が予想以上に交通の混乱に拍車をかけたのです。

息を切らせた小林くんが、四谷家筋向かいの交番に到着すると、顔馴染《なじ》みになった中川巡査が笑顔で迎えてくれました。

「あの、なにも変わりありませんか」

「今朝は静かなものだよ……ああ、でも隣の明石家はお気の毒だった」

小林少年はギョッとしました。

「お気の毒って？」

「先代の奥方が心臓発作を起こされた。昨日の騒ぎがきっかけかも知れない。かかりつけの医者が飛んできたが、間に合わなかったそうだ」

「……」

少年は茫然《ぼうぜん》としていました。

「明石家代々に仕えてきた寺院があってね。早朝というのに、先代から懇意の住職が駆けつけてきた」

「……医師の死亡診断書や火葬場の申し込みとか、手続きがいろいろあるんでしょう」

「その煩雑な書類の代行は親しい葬儀店がやるそうだ。たとえ日本中が引っくり返る騒ぎでも、人の生き死には大切だからね。遺体は即座に菩提寺《ぼだいじ》が引き取って、葬儀は心を込めて執《と》り行うと仰った」

「和尚《おじょう》さんに会ったんですか」

「ああ。交番にも丁重な挨拶をしてくれた。霊柩車が出るときに」

べそをかきそうになった小林くんが、確かめました。

「霊柩車っていうと、もう」

「いやあ、手回しがいいのに驚いたよ」

中川巡査の笑顔は、飛び切り人がよさそうに見えました。

「それも久々の宮型《みやがた》なんだ」

宮型霊柩車は大正の末に関西ではじまりました。和風屋根を載せて金ピカの御殿風な造りです。荘厳《そうごん》というより華美だったので戦時中はいくらか簡素になりましたが、それでも十分人目につく仕様でした。

「時節柄、トラックの荷台に屋根つきの小屋を組み込んだ程度だけど、痩せても枯れても華族さまの霊柩車だった。顔も知らない仏さまだが、つい手を合わせてしまったよ」

クククッと、思い出し笑いを漏らすお巡りさんでした。

「運転席から袈裟《けさ》姿の坊さんが、ノコノコ降りてきたのも可笑しかった。運転手が戦争に取られたので、住職みずからがハンドルを取っておられた」

小林くんがボソボソと尋ねます。

「明石子爵も顔を見せたんですか」

「いいや」中川巡査はかぶりをふりました。

「柩《ひつぎ》の隣に座っておいでだったんだろう。和尚さんひとりが挨拶に降りて、残念顔だった。『ひと目小林くんに会いたかったが』……あれっ」

そこまで説明した後で、お巡りさんは不思議そうな顔になったのです。

「和尚さんは、なぜきみを知っていたんだろう？」

小林くんは、ぴょこんと頭を下げました。

「ありがとうございました！」

「え」キョトンとした中川巡査は、

「もう行くの？　今から明石家へ行っても誰もいないよ。縁戚の人たちはみんな菩提寺へ呼んだらしいから」

「はい。わかりました」

返事をした通り明石家に向かわず、四谷家の角を裏に回った小林くんは、重い足を引きずって歩くのでした。

（ああ、やられた。見事に二十面相にしてやられた……）

肩を落とす少年の真っ向から、勢いを増した風が吹きつけます。右手の木立ではセミも鳴りをひそめて、関東圏に台風襲来の気配はしだいに濃厚でした。

マッカーサー元帥の来日も、大事をとって日延べになったほどです。まごまごすれば帰りの電車が不通になるのに、小林くんにはぜひ確かめたいことがありました。

昨日の騒ぎの舞台になった裏道の外れまできて、少年が足を止めます。

ギシギシ揺れる木柵の隙間から真剣な目つきで覗くと、ヒュルンヒュルンと金属的な音を立てるワイヤーが、木柵の上から直角に明石家の煉瓦塀へ渡されていました。路地を隔てる板塀の手前に平行に張られた鋼線です。

「あれだ」少年は歯を嚙み締めました。

「あれが二十面相の仕込んだ〝左手〟だった……」

奇術の幕は閉ざされた

その夜の明智探偵事務所では、長い電話のやりとりが、小林くんと中村警部の間に交わされました。

「きみが想像した通りだ」

中村さんの悔しそうな声が、ビンビンと伝わってきます。

「交番の警官が聞いた寺院だの葬儀社だのは、影も形もなかったよ。さすがに宮型霊柩車は目撃者を辿れたが、それも自由ヶ丘までで後はふっつり消えてしまった。それほど目立つ形だったのにな」

「それも二十面相の狙いでしょう。屋根も壁も簡単に取り外しできたと思います」

「外してしまえば、なんの変哲もない小型トラックにもどるわけか。くそっ」

警部の歯嚙みする有様が、目に見えるようでした。

「秘仏の木箱を子爵未亡人の棺桶《かんおけ》に仕立てて運び出した……風船爆弾が吊っていた箱は、見せかけだったか」

「それだって風船かも。途中で切り離せばいいんだから」

「われわれはそんなものを、必死で追いかけていたのか！」

もちろん読者のみなさんは、とっくに二十面相の計画に気づいていたでしょう。

明石家から出発した霊柩車に積んであったのは、柩ではなく乾陀羅の女帝を納めた木箱だと、小林くんは想像していました。

大きさを測ったわけではありませんが、秘仏は成人男性の等身大とわかっているのです。つまり木箱は、棺桶そっくりの大きさと形のはずでした。

中村さんは真剣な口調で小林くんの推測に耳を傾けました。相手が子供だからといって、ないがしろにしないのは警部の美点ですし、小林くんだって、ただの中学生ではありません。日本一の名探偵明智小五郎の名誉ある助手なのですから。

「だが秘仏の箱を棺桶に仕立てるには、われわれの目を盗んで明石家に運ぶ必要がある。いくら気球に目をとられたにせよ、われわれに気づかれずに塀を越せただろうか」

「そう思って、今日調べてきました。あいつは板塀の贋物も造ったんです」

「なんだって」

「もと明石家だったテラスは、北側の路地と板塀で区切られていますね。二十面相はその内側にもう一枚、贋の塀を設けました。大きな布に絵を描いただけの。今日見たら頭上に細い針金が残っていました。まるでカーテンを吊るすような……！」

「塀の絵を、芝居の幕みたいに下げたのか！」

「あのとき滑車が移動するような音を耳にしました。ローラースケートの音だったと思うんです」

「なんだって……」

警部は絶句しています。

確かにあのテラスは、元来ローラースケートの遊び場でした。

「ローラースケート靴を台車代わりに、木箱を滑走させたんじゃないでしょうか。板塀を描いた幕をくぐれば、あっという間に木箱は消滅します。そのときぼくたちの目は、風船爆弾に釘《くぎ》づけとなっていました……」

「畜生め」

きっと警部は、自分自身に悪態をついたのでしょうね。

「本物の板塀と幕の間は、短冊《たんざく》型の空き地だ。いったんそこへ箱を隠してから、われわれが気球を追っている間に」

「はい。まだ調べていませんが、明石家との間にも、なにか細工があったはずなんです」

この点について小林くんも心残りでした。今度は明石家側から探ってみるつもりでいたのです。

「明石子爵の正体は二十面相として、きみは子爵の母親にも会ったんだね。その女が死んだことになったわけだが、二十面相の手下だったのか」

すると小林くんは、渋柿を食べたような顔になりました。

「違います……きっとあいつのひとり二役です」

「え？　しかしきみは、ふたりを同時に見たんだろう」

「はい、声だって聞いています。背中を向けていた贋子爵の声色で。布団に入っていたのは人形ですよ。死んだように動かなかったもの」

「寝返りを打ったんじゃないのかね」

「じかに動くのを見ていません。襖でぼくの視線を遮って、あいつが人形を動かしたんだ。そんなことに騙されて、母親の世話をして残っていた子爵は孝行息子、そう思い込んだぼくが間抜けでした！」

プリプリしながら小林くんはつけ加えました。

「交番に顔を見せた住職も、あいつの変装に決まってます。ぼくをからかうつもりで、中川さんにいい残したんだ、会えなくて残念だねって……バカにしてる！」

思えば腹の立つことばかりでした。

そもそも小林くんが贋子爵に出逢ったのは、伊崎を追おうとしたときです。

「バケツの水をかけられました。あいつがタイミングを見てわざとかけたんだ！」

「二十面相は以前から四谷側の挙動を見張っていた……その網に、きみがかかったというわけか」

「はい……」

つくづくと少年は口惜しそうでした。

「明智先生がいなくては、ぼくは手も足も出ないんだ！」

小林くんに宿題が出た

落胆する少年を慰めようと、警部が声をかけてくれました。

「しかしきみだって、明石子爵を贋者と断定できたじゃないか。それだけでもお手柄だよ。きっかけはなんだったの」

気休めとわかっていても、中村さんの優しい気持を感じていくらか元気になりました。

「あの領収書からです。時計で計っていたみたいに、短い時間に張りつけられたのでしょう。四谷家の車がくる直前でも、ぼくらはひと足早く見つけることができましたね。そんな隙間を縫えたのは、二十面相がぼくたちをマークしていたんだ、そう考えたんです」

「おお、それが明石子爵……メガネの男だったというわけだな」

「はい。領収書出現のタイミングがよすぎると思って、それで。お巡りさんに聞いても、空襲まで当人に会ったことがなかったそうです。召使には暇を出し家族は疎開させたが、死期の迫った母親を看取るため自分だけ残った。うまいいわけですね。華族さまのご当主なんて、家族か召使しか顔を知りませんよ、普通」

「いや、実はね」

ここで中村さんが、新しい知らせを教えてくれました。

長らく明石家に奉公していた老人から、警視庁に連絡が入ったというのです。

「ラジオが四谷城の騒ぎを伝えたので、隣だった明石家が心配になったらしい……おかげでわれわれもあの子爵が贋者だったと、ようやく知ったばかりなんだ」

「そうなんですか！　じゃあ本物の明石さんは」

「うん、本人と電話で話すことができた。疎開先で仰天しておいでだった」

鎌倉の外れから駆けつけるといってくれたそうですが、今更聞かされても小林くんは意気が上がりません。

「贋のお葬式は終わっちゃったしなあ……」

けれど中村さんは、そっとつけ加えました。

「ところが子爵家にも、貴重な品が隠されていたんだよ」

「えっ。お金持ちはみんな隠匿物資を抱えていたんですか」

「まあそういいなさんな」

警部はなだめましたが、少年は大憤慨です。

「『日本中が足並み揃えれば、太平洋も大陸も平和に晴れて、青空に日の丸があがる』と声を合わせて歌わされたんだ、ぼくたちは！」

日本放送協会の『少国民奉祝の歌』ですが、小林くんは今も暗誦《あんしょう》しているのです。なーんだ、足並み揃えたのは子供と間抜けな大人だけだったのか。

「いやね、子爵の先代は趣味人で、鉄道関係のお宝を大切にしていた。砂糖や缶詰を隠したわけじゃないから……」

自分のことのように弁解する警部です。受話器の向こうで汗をかいているのでしょう。

中村さんがいい人だということは、よく承知しています。でもついこの間まで本気で鬼畜米英と叫んだ〝いい人〟たちが、今はマッカーサー元帥万歳と本気で叫ぼうとしているのです。そう考えるとやはり小林くんは、腹を立てずにいられません。

こんな世の中はおかしいと、大人だって知ってるんだ。だけど不平をいって配給を止められたら、自分も家族も飢え死にするから我慢してるんだ。

なにくそ、覚えておくぞ。ぼくたち子供が大人になったら、そのときは日本をちゃんと変えてゆくんだ。もうしばらくの辛抱だ……。

少年が黙ったので、警部もホッとしたようです。

「それについて、明石子爵が仰った。ぜひ小林くんの助けを借りたいとね」

「ぼくに、ですか」

びっくりしました。顔を見たこともない本物の華族さまが、助けてほしいってどういうことでしょうか。

「暗号を解いてくれと、ご当主は仰る」

「アンゴウ？」

思いがけない言葉が、耳に飛び込んできました。

「ほら、『大金塊』事件に出てきたろう。獅子が烏帽子《えぼし》をかぶるとき……ああいった暗号のことらしいよ」

「明石家に関係しているんですか」

「そうなんだ。先代の殿さまが鉄道ファンで貴重な品々を蒐集した……その話はもうしたよね。ところが殿さまが亡くなった後調べると、収蔵場所がわからない」

「……」

受話器を耳に当てたきり、小林くんは真剣な表情です。

「戦争が激しくなって、先代は大がかりな地下壕を掘った。そこまでは家族も知っている。貴重品はそこに収めてあるはずだが、入り口がどこやら見当がつかないのさ。施工した会社には、戦災で図面一枚残っていない。ただひとつ、手がかりとなったのが先祖代々の仏間――というか、元の宝物室《ほうもつしつ》だよ」

「はい」

贋子爵に案内されたとき、チラと見た記憶があります。

「そこの神棚に収められていた封書を、明石氏が大切に保管していた……」

コホンという空咳が耳に届きました。重大な秘密を打ち明けられる。そんな気分で、小林くんも緊張してしまいました。

「紛れもなくお父上の筆なのだが、まったく意味が通じない。ただし封書の日付は、まさにその地下壕――というか、収蔵室の工事が完成した当日でね。当然その文言《もんごん》を解読すれば、秘密の入り口が明らかになる。子爵はそう考えているんだよ」

「つまりそれが暗号なんですね」

「そう。だがこれまで誰も解読できる人はいなかった。こっそりと帝大の国文学教授に相談しても、埒《らち》があかないんだ」

「へえ」

そんな難しい暗号をまかされるなんて。あわやへっぴり腰になりそうですが、二十面相にしてやられた小林くんです。ここで頑張らなくては明智探偵の助手の名がすたるではありませんか。

「やってみます」

と、少年は高らかに応じました。

「その意気だ」

警部も嬉しそうでした。

当主の明石弦一郎《げんいちろう》氏は、明日田園調布の邸に帰ってくるそうです。

「きみならきっと子爵の期待に応えられるさ」

「はい、そのつもりです！」

電話を切った小林くんは、しばらくの間ひとり興奮していました。

その熱を冷ましたのは、カラコロという下駄の音につづく玄関のノックでした。

「はあい……どうぞ、矢島のおばさん」

すぐドアを開けてやります。

白いアッパッパを着たおばさんが、いつもの笑顔で立っていました。

「私とすぐわかったかい」

「そりゃあ足音のリズムが違うもん。今日は実家に帰ってたんじゃないの？」

「あんたにお土産があってね。ハイ」

新聞紙にくるんだ玉ネギを三個、持たせてくれました。小林くんは思わず笑顔になりました。

「わあ、すみません」

「用はそれだけ。明日はまたお出かけかい」

「はい。えっと……明石さんの家にゆくつもりだけど」

実は小林くんが訪ねていた相手は贋の明石だったのですが、そこまで説明する必要はないでしょう。

「ああ、子爵さまのお宅にね」

いいながらおばさんは、珍しくもない明智家を見回しています。

「きれいにしてるね、いつも」

「先生がいつ帰ってもいいように、掃除だけはちゃんとしてます」

「明智さんも、いい弟子をお持ちだこと」

いいながらひょいと右手首の時計を見下ろしました。

「もうこんな時間……亭主の寝相を見てやらなきゃ」

「おじさんの？　まるで子供だなあ」

「こないだはかけてた暗幕を蹴飛ばしてさ。裸ン坊で風邪をひくところだったのよ」

掛け布団代わりに暗幕が使えるなんて、日本も平和になったものです。

また下駄を鳴らして帰ってゆきます。下駄の黒い鼻緒に目をすがめた小林くんは、ゴシゴシと顔を擦《こす》りました。少年も眠いのでしょうか？

「おっといけない」

つい忘れていましたが、ガタガタと窓を揺する風の音で思い出しました。関東圏直撃は免《まぬが》れましたが、嵐が京浜《けいひん》を荒らすのは確定的だったのです。

それでも明日は明石家にゆきたいという気持に、変わりありません。出来ることなら、本物の子爵が帰宅する前に。

小林くんの推理が正しければ、ローラースケート場代わりのテラスの端に、明石家に繋がる仕掛けがあるはずです。贋物の塀の幕の陰で煉瓦塀を抜けて秘仏を移動させた道。その存在が証明されるまでは、推理というよりあてずっぽうなのですから。

東横線が動いているようなら、出かけるんだ。

そう決めたら、揺れていた気持がスッキリ落ち着きました。いつか矢島さんに頂戴した梅干しと沢庵《たくあん》を濡れないよう丁寧にくるみ、とっときの長靴を上がり框《がまち》に揃えました。爪先に穴が開いているけど本物のゴム長です。ふだんは菜園で使っている木のスコップも布の袋に収めます。

なんだか遠足みたいだと思って、小林くんはひとりでクスクス笑いました。少年が張り切っているのは、中村さんが口にした〝暗号〟という言葉の魅力があったからに違いありません。

嵐の中の明石邸

台風が近づけば、もう少し屋根や柱がガタつくと思ったのに案外でした。おかげでたっぷり睡眠はとれましたが、小林くんは拍子《ひょうし》抜けの気分です。毎夜のように警報のサイレンが鳴り響き（それも五月以降は、警報が出たころはとっくにB29もP51も帰る時刻というていたらく）、防空頭巾《ずきん》やゲートルを外す暇もなかったことを思い出せば、これくらいの嵐ならそよ風気分です。

玉ネギを実にして塩《しょ》っぱいだけの汁をすすった少年は、ろくに天気予報も確かめず渋谷に向かいました。戦争中ずっと禁止されていた予報なので、なんとなく信用する気になれなかったし、時刻はとっくにお昼を過ぎていたのです。

笄坂の側溝《そっこう》を走る雨水の勢いは激しく、蛇の目《じゃめ》傘に雨合羽《あまがっぱ》、長靴と厳重に武装した少年でしたが、宮益坂にさしかかったころには見事な濡れねずみになりました。

でも、東横百貨店の横腹に吸い込まれる黄色い電車を見て、ホッとしました。地下鉄はちゃんと動いてる。地上を走る東横線も並木橋《なみきばし》の方角からやってきます。

驚いたのは、車両にびっしり並ぶ窓が明るく光っていたことです。窓を突き抜けて向こうの空が見えるなんて。今日の電車はよほど空いているんだな。

想像の通りでした。渋谷駅では電車を一本待っただけで、腰掛けることができたのです。ひょっとしたら今年になってはじめて、着席できたのかも知れません。座席のクッションはところどころ切り取られて（衣服を繕《つくろ》う材料に客が勝手に切ってゆくのです）無残な姿でしたが、そんなことを気に病む者は誰もいないでしょう。くたびれた国民服と店晒《たなざら》しみたいに古びたモンペ、中にまじって無腰《むごし》の兵隊服。そんな乗客たちが疲れた顔で揺られていました。

窓枠の隙間から流れ込む雨水と戦いながら田園調布に到着すると、今日の電車はそこが終点になりました。多摩川増水のため老朽化した鉄橋に黄信号が灯《とも》ったそうです。途中打ち切りになっても、みんなある程度予想していたのでしょう、病気の羊の群れみたいに大人しい客ばかりでした。

中でいちばん元気なのは、小林くんです。ここから現場へ歩くくらい、屁《へ》でもありません。少年とおなじ名字の実業家小林一三《いちぞう》が、戦争前に高級住宅地として開発したのが田園調布で、放射状に作られた道路網の要《かなめ》の位置に、二段構えの勾配のマンサード屋根の駅舎が建っていました。ベンチに腰を下ろした小林くんは、丁寧に沢庵をしゃぶりました。ご飯粒をまぶした（とうてい握ったとはいえない貧弱さです）梅干しと、沢庵の端っこ。

それでも小林くんはご機嫌でした。

（すごいや。主食があって副食があって、お漬け物までついている）

「腹が空くようなら、なんべんでも嚙むんだ。象は150回咀嚼《そしやく》するから、あの巨体を維持できる」

本当か嘘かわかりませんが、国民学校の先生が教えてくれたことを覚えています。

熱心に噛んで噛んでやっと沢庵が口の中から消えると、おなかが膨《ふく》れたつもりになって、小林くんはエイと立ち上がりました。

駅の南から雨まじりの風の中を、明石家に向かいます。多摩川園前駅の反対側ですから、交番を通ることもなく古風な冠木門《かぶきもん》をくぐることになります。

「ごめんください」

誰もいないとわかっていても、格子戸越しに声をかけました。邸の表と庭を区切るしおり戸は、小林くんの胸ほどの高さですが、簡単な輪鍵《わかぎ》だけなのです。

稲妻型に配置された母屋《おもや》は、庭に向かってカーテンの閉じられた部屋がいくつも並んでいます。機嫌の悪いお年寄りに睨まれているようで、思わず小林くんは愛想笑いしてしまいました。

「怪しい者じゃないんです。煉瓦塀の抜け穴を確かめるだけですから」

ときどき強い風が吹くので傘を飛ばされそうになりました。庭木の手入れがされていない上に、四谷家が焼けたとばっちりでしょう、塀際の黒松は枝の半ばまで炭化しています。

突き当たりはまだ新しく見える煉瓦塀で、この向こうに、もと明石家のスケートリンクが広がっているはずでした。明石家側では、塀に沿って心字型《しんじけい》の池が淀《よど》んでいます。窮屈な位置にあるのは、土地を四谷家に大きく買い取られたせいと思われました。放置された池の汚れた水が風で波紋を拡げ、ときたま激しく雨がしぶきを上げています。

さいわい目当ての抜け穴は池の左手にすぐ見つかりました。塀の根元に高さ50センチ、幅1メートルほどの大きさで、煉瓦を外した跡が残っていたからです。四谷側は一応埋めもどしてありましたが、明石家の側はほったらかしでした。

しゃがみ込んだ小林くんが、埋め直した箇所を手でなぞってみます。いくら急いで埋めたところで、みんなが風船爆弾に気をとられた隙の作業では、やっつけ仕事になったでしょう。

(警察が調べれば、二十面相の計画がはっきりするはずだ)

満足した小林少年の肩に、ヒョイと手がかかりました。

雨と風のさなかとはいえ、そんなそばまで人間が近寄っていたなんて。さすがの少年も肝《きも》を潰しそうになりましたが、手の主はごく上品な口調で呼びかけてきたのです。

「小林くんだね?」

「あっ、はい」

ふり向くと、ほっそりしたコウモリ傘を手に、夏服の紳士が腰をかがめていました。傘が大きいと見え、ほとんど体を濡らしていません。その姿も佇《たたず》まいも、頭に載せた中折帽まで、どことなく上品な風采に思われます。小林くんの長靴は泥でぐちゃぐちゃなのに、紳士の靴にはハネひとつ見えないのが癪にさわるほどでした。でもそのおかげで、紳士が誰なのか即座にわかりました。

「明石子爵さまですか！」

「その通りだが、〝さま〟はやめてくれないかな」

明石さんはにこやかです。まるでこの人の周りだけ雨が降らなかったような、そんな明るい雰囲気を発散する紳士でした。

「目当てのものは見つかったかね？」

中村さんから、小林くんが訪ねた用件を聞いていたようです。

「あ、はい、わかりました」

「そりゃあよかった。とにかく家に入りなさい。雨はますますひどくなりそうだよ」

雨も風も、少年がきたときに比べて激しくなっています。明石さんの言葉に甘えて、ひとまず雨宿りさせてもらうことにしました。

子爵に化けていた二十面相に招かれたばかりですから、勝手知った小林くんがズンズン入って行くのを、明石さんは可笑しそうに見ていました。

「私より、私の家の中を承知しているね」

「すみません、明石さま……いえ、明石さん。アレッ」

不意に小林くんが目をパチパチさせました。

「メガネはどうされたんですか」

「メガネ?」

「ハイ、焦茶色の丸いメガネです」

「ああ、それなら……」

一瞬口ごもった明石さんは苦笑いしました。

「きみ、なにか勘違いしてやしないかね」

少年は口を押さえました。

「すみません……人違いでした」

「なに、気にすることはないよ。ああ、そこが風呂場だね」

浴室の簞笥から(脱衣室にもちゃんと簞笥があるのです)明石さんが引っ張りだしてくれたタオルで、濡れねずみの頭を拭い、すすめられるまま作務衣《さむえ》に着替えると、やっと人心地がついてきます。

「ぼくはこの家へくるたびに、びしょ濡れになるんだなあ」

そんなことをいうと、明石さんは大笑いです。

「ははは、そうだったかね。……ところで、例の話だが」

「はい、抜け穴ですね。思ったより簡単でしたよ」

話に乗ってあげると、明石さんはしきりにうなずきます。

「確かにあの一角だけ目地《めじ》の色が違っていたな。よく気がついたね、きみ」

感心されたころには、窓枠や屋根がギシギシと軋むほど風はひどくなっています。ハッキリ台風の接近だとわかりました。

「いかんな……雨戸を閉めよう。小林くん、人手がないんだ。手伝ってくれるかね」

「もちろんです」

明石さんと手分けして、母屋の四方を雨戸で塞《ふさ》ぎました。子爵は疎開していた鎌倉の山間から、ひとりだけ車で駆けつけたそうです。

雨戸のおかげで風音は遠くなった代わりに、家の中が薄暗くなりました。古風な柱時計が鳴り出して、六時だとわかります。日の短くなる晩夏ですし、この天候ですから外はもう宵闇でしょう。

小林くんは困りました。作務衣に着替えたのはいいけれど、この格好では家に帰れません。着てきた詰襟《つめえり》は少しくらい乾いたかな。そう思ったとたん、天井に吊るされていた明かりが、スーッと吸い込まれるように消えたのです。

もともと雨戸のせいで暗かった座敷ですから、夜どうぜんになってしまいました。

「停電だな」

落ち着いた声で明石さんがいい、手にしていた鞄から、角型の懐中電灯を取り出しました。気休め程度の光量ですが、戦争の激化に応じて停電はひっきりなしだったので、ふたりとも慣れたものなのです。

またひとしきり屋台骨が軋みました。

その音にまじって、ポタン……ポタンと水の垂れる音が聞こえてきます。雨漏りのようですが、一カ所や二カ所ではありません。今の突風で、あちこちの屋根瓦が剝がれたと見えます。

「小林くん」

呼びかけた明石さんが、懐中電灯をふりました。

「隣に行こう。そっちの方が造りは頑丈だ」

先に立つ明石さんに少年が従います。廊下を隔てて洋風の広間がありました。重たげなドアを閉じれば、また一段と雨風の音が遠くなります。

「ここはなんの部屋ですか」

薄暗い懐中電灯の光の中ではよく見えませんが、床は滑らかなフローリングで、広間の中央に太い円柱が立っていることはわかりました。

「ボールルームらしいね」

自分の邸だというのに、少々覚束《おぼつか》ない明石さんの説明でした。舞踏場という意味らしいのです。それほど複雑な間取りの家なのでしょう。懐中電灯の光がかすかに天井を嘗《な》めました。凝《こ》った意匠《いしょう》の天井板です。吊り下げられた二台のシャンデリアも豪華なしつらえでしたが、停電ではなんの役にも立ちません。

「好きな椅子にかけたまえ」

壁際に並ぶ背高のっぽな椅子を照らしてくれました。そのひとつに腰を下ろすと、足が床に届きません。うへぇ、ぼくの足はこんなに短かったかな。ちょっとしょげると明石さんに笑われました。

「外国人客が多かったからね。心配しなくても、私だってもてあましたものさ」

そういいながら小林くんの隣に座りました。

「……さて。暗い中ですることもないから、私の頼みごとを聞いてもらおうか」

淡々とした口調ですが、そうです。それが訪問の本題なのですから。

「はい。お聞きします」

ブラブラしていた足を揃えると、頭の上をまた大きく家鳴《やな》りが走ってゆきました。嵐はいつやむのでしょうか。

暗号が秘めた宝の正体

「おしこうしたきてあかしをつらぬけはいちしくのよにさせやもちつき」

「えっ」

薄暗い中で問題の暗号を聞かされた小林くんは、二の句が継げません。

「すみません、もう一度聞かせてください」

「なんべんでもいいよ。おしこうしたきてあかしをつらぬけはいちしくのよにさせやもちつき」

流暢《りゅうちょう》に繰り返されて、少年は目をパチパチさせるばかりです。その顔に懐中電灯をあてて、明石さんは面白そうでした。

「きみ、睫毛《まつげ》が長いんだね。女の子みたいだ」

小林くんは少々ぶすっとして、質問を発しました。

「それ、歌……ですか？」

「三十一《みそひと》文字だからね、和歌の形をしている。実際に書かれていたのも短冊なんだ。筆でサラサラと……父は書が達者だった」

「短冊ですか」

「ああ。疎開先まで母が持っていっていた。それ以前はこの邸の仏間にあった……家宝を収蔵する奥まった部屋だ。わかるかい、小林くん。明石掃部《かもん》といえば……」

「大坂五人衆のひとり。違いましたか」

「ほお！」

明石さんは驚きの表情でした。

「よく知っているね。さすが明智さんの愛弟子《まなでし》だ」

少年は照れくさそうに、坊主頭をかきました。

大坂の陣といえば、戦国時代を締めくくる徳川《とくがわ》対豊臣の決戦です。圧倒的な兵力を誇る東方に対抗して、最後まで豊臣の孤塁を守ったのは、誰でも知ってる真田幸村《さなだゆきむら》をはじめとして、後藤又兵衛《ごとうまたべえ》、毛利勝永《もうりかつなが》、長宗我部盛親《ちょうそかべもりちか》、そして明石掃部の五人でした。

明石掃部はご禁制になる前のキリシタン大名として、キリスト教徒の手兵を率いて大坂に参陣しており、討死や刑死したほかの四人と違って、戦いが終わったのち杳《よう》として行方を絶ったただひとりの人物だったのです。

彼の直系は絶えましたが、血縁や姻戚《いんせき》で明石を名乗る家が各地に散在しており、うちの明石家もそのひとつだと説明してくれました。

電池が心配と見え、明石さんはいったん電灯のスイッチを切ります。たちまち広い空間は墨で塗り潰されたような暗黒に落ち、話声《はなしごえ》だけがひっそりとつづきます。

「……正直なところ本物の末裔《まつえい》か名を借りただけかわからないんだが、父は固く信じていたな」

「お父上はクリスチャンでしたか」

「あはは」明石さんは笑いだしました。

「とうに改宗して浄土真宗《じようどしんしゆう》だよ。家紋は十字架を象《かたど》っているが」

「でも、ちゃんと子爵家なんですね」

「母の実家もやはり子爵だよ。もっとも明石と自分の家では、家格が違うと母は胸を張っていた。遥かに出自は古くて藤原《ふじわら》家の流れを汲むそうだ。寛文《かんぶん》年間に創設された押小路《おしこうじ》家という……」

そこで明石さんは、小林くんを値踏みするような目つきになりました。少年がまた忙しく睫毛を上下させます。

「さっきの暗号は、和歌になっていましたね。古い書き方で濁音を省いている。それを考えに入れて聞き直すと」

「ほう」

子爵が身じろぎしました。

「聞き直すと、どうなるかね」

「押小路たきて明石をつらぬけは……明石と押小路、ふたつの名前が読み込まれていますね。『つらぬけは』は『貫けば』、『たきて』は『抱きて』ではないでしょうか」

「うん、では下《しも》の句はどうなるかな?」

「はい。……ええと、『いちしく』はきっと『いちじく』でしょう。『よに』……うーん。『世に』かな?　それとも『夜に』かなあ。どちらなのかは宿題として、『させや』もわからないな。『指せ』なのか『刺せ』か、それとも『射す』『差す』『挿す』。動詞がいっぱいあって決められません。『もちつき』は『餅搗《もちつ》き』と解釈するより、『望月』とした方が歌にはふさわしい言葉だと思います」

暗いため文字にして考えることができず、ちょっとまだるっこい気分ですが、思考に集中できるともいえました。

「すると下の句は、『無花果《いちじく》のよにさせや望月』か。残念ながら全体の意味はさっぱりだな」

「はい。……その短冊は、どんな風に収めてあったんでしょう。鎌倉へ持って行かれる前、この邸の仏間には、短冊といっしょにどんなものがあったのか教えていただけますか」

「ものものしい海鼠壁《なまこかべ》を巡らせた宝物室だったがね。金銀珊瑚《さんご》綾錦《あやにしき》があったわけじゃない。もっぱら鉄道関係だよ」

明石さんは笑いながら説明しました。

「信号機とか転轍機とか駅名標《えきめいひょう》とか電車の運転台とか」

小林くんも苦笑するほかありません。

「二十面相が決して狙わない品物ばかりですね！」

「強《し》いていえば一品だけあったな。母上が実家の押小路家から持たされた、葛飾北斎《かつしかほくさい》の珍品だよ」

「へえ！」

天下で知らぬ者のない浮世絵師ですから、少年もびっくり顔です。

「素敵じゃないですか」

「いや、それがだね」

子爵は困ったように頬をかきました。

「京都住まいの曽祖父が若いころ信州の小布施《おぶせ》で、知人に招かれて滞在していた北斎に出逢った。そのとき戯《たわむ》れ半分に書いてくれた枕絵《まくらえ》なんだ」

「はあ……」

枕絵といわれても少年にはよくわからないのですが、明石さんの話はつづきます。

「気の強い母上が、この話になると顔を赤くしてもじもじしてね。やっと見せてくれたのだが、大したものさ。画狂北斎の枕絵だ、珍品中の珍品だったよ！　……小林くん？」

「あ、ハイ」

「ひょっとすると、枕絵がなんたるか知らないな、きみ」

「はあ、わかりません」

とたんに明石さんは愉快そうに笑いだしました。

「明智さんの教育もまだまだだったか」

「えっと、どういうことでしょう。先生がお帰りになったら、ご相談してみますが」

「ぶわっ」

おかしな声を上げて子爵が爆笑したのには、小林くんも驚きました。

ぼく、そんな妙なことをいったかなあ？

「いや、失礼」どうやら明石さんは、涙を拭いている様子です。

「きみの少年らしい純真さには太鼓判を押すが、男女間の機微の勉強はこれからだね。……枕絵というのは春画だよ」

男同士で雨漏り騒ぎ

「……え」

少年はポカンと口を開け放しました。

「男と女の営みを情緒纏綿《てんめん》と、写実的に描いている。きみのような若者が見れば、頭に血がのぼり下半身が充血するのは請け合いだ。昔は花嫁が嫁入り道具として、新居に持ち込むのが恒例だった」

暗闇の中の会話ですから、小林くんも助かりました。さもなければ、熟柿《じゆくし》より赤い顔を晒す羽目になったでしょう。

「……そんな絵を、北斎が描いていたんですか」

やっと声が出ました。

「おや、知らなかったのかね。大日本帝国の情操教育はあまりに偏《かたよ》っていたからなあ。北斎も春信《はるのぶ》も歌麿《うたまろ》も、浮世絵の大家は例外なく手がけている。日本どころか海外でまで高い評価を得ているのだよ」

「ハア……」

我ながら、空気が抜けたような声です。

「無理もないか。外国映画の接吻場面を検閲と称して、片端から役人がフィルムをカットしたお国柄だ。江戸時代のおおらかさなんて、戦争の役に立たないというわけだ。いずれきみにも見てもらいたい……」

そこで子爵はつけ加えました。

「ただし、その部屋は今はガランドウだ……収蔵物が増えたので別な場所に移してしまった」

そこが地下壕というだけで、どこなのかは、明石さんにもわからないのです。

「そのために暗号を解かなくてはならないんだ」

「あ……はい！」

だしぬけに天井のシャンデリアが二度三度とまばたきして、やっと安定した明かりを取りもどしました。

「やれやれ……」

立ち上がって大きくのびをした明石さんが、水の垂れる音を聞きとがめました。

「おおい、ここも雨漏りかね」

「シャンデリアからです！」

小林くんが目ざとく見つけました。ポタン……ポタン……と、照明の真下に雨水が滴り落ちているのです。

「うーん。シャンデリアの根元から垂れている」

「わっ、こっちもです！」

ふたつの明かりの真下に落ちた雨水が、フローリング沿いに流れようとしていました。

「こりゃいかん。小林くん、すまん、手伝ってくれ！」

「はいっ」

返事は威勢がよかったけれど、どこに水回りの設備があるのかわかりません。心細いことに明石さんまで、少年どうようろうろする始末です。

「はてな。台所はこっちだったはずだが」

廊下のドン詰まりで立ち往生の始末です。清掃は使用人の仕事ですから役に立たない殿さまより早く、小林くんが脱衣室を思い出しました。あそこならバケツやモップが用意してあったはずです。

「ぼく、やります。明石さんはどいててください！」

ひとり暮らしの中学生ですから、拭き掃除は堂に入っていました。まごまごしている子爵を蹴散らさんばかりに、雨水を拭き取り、雨の滴を洗面器で受けました。

「すみません、雨水の受け皿や鉢、もっとありませんか！」

「花瓶ではどうだね」

「雨水を受けるには口が小さすぎますよ……あ、これならいいや」

少年が廊下の飾り棚から転がしてきた極彩色の大皿を見て、明石さんは唸りました。

「うーん。九谷《くたに》焼だね」

「高いんでしょうけど……」

飾ってあるのだから、高価な皿とは思ったようです。

「雨水を溜める道具でないことは確かだが、ナニ非常事態だ。かまわんだろう」

ひとごとみたいにいって、本人も七宝《しっぽう》らしい深皿を抱えてくる始末です。

力まかせの作業が一段落した後、ふたりとものっぽの椅子にへたり込みました。

「いやあ、ご苦労さま。助かったよ……ついでに寝室の準備もしておこう」

落ち着くとまた、ガタガタと屋敷のあちこちが音を立てます。雨の勢いは下火になりましたが、風はますます激しくなる気配でした。

たとえ東横線が動いていても、この状態では渋谷まで無事に走るかどうか保証の限りではありません。

瓦を揺する風音に、けっきょく小林くんも諦めました。

「泊まらせていただきます」

「ああ、いいとも。私だってこんな夜のひとりは心細い」

そんなことをいいながら、明石さんは嬉しそうに笑いました。代々華族だというのに、なんとも人なつこい子爵さまでした。

廊下を隔てた寝室は、さいわい雨漏りの気配がありません。ふたつ並んだベッドのカバーを剝がすと、涼やかな意匠の毛布がのべられていて、いつでも横になることができました。

「そうそう、母上から持ち帰るように頼まれていた」

寝台の一隅をガタゴト揺すると、隠し戸棚があったらしくボンと小さな引き出しが現れました。

「疎開先に持参するのを忘れたそうだ。傷むものでも貴重な品でもないといっていたが、これか」

二枚の小さくて平たい金属を取り出したので、小林くんは目を光らせました。

「小判ですか」

大きめのものは円形、小さめのものは楕円形をしていました。

「あいにく違う。刀の鍔《つば》だよ」

それは確かに鍔でした。手を傷つけないよう刀と柄《つか》を隔てる部品です。明石さんは丸い形の鍔を、小林くんの掌《て》に載せました。鉄製品でしょう、ズシリとした重みがあります。

「文様が彫ってありますね……なんだろう。大根かな」

首をひねりましたが、大根の紋章なんて聞いたこともありません。明石さんが教えてくれました。

「それは丁子《ちょうじ》だよ。マレー群島の産だが、香料として日本に古くから伝わっている。家紋に使われるほど縁起のいい品だ」

「へえ」

古い家の紋章なんて、小林くんにはまったくわかりません。

「刀の鍔なら、もっと孔《あな》があったと思うけど」

刀身が貫く孔やら小柄《こづか》を仕込む孔があるはずです。明石さんがうなずきました。

「実用ではなく装飾品だね。こちらの楕円形もそうだ」

つくづくと見て、明石さんは改めて発見していいました。

「十字架らしいぞ、この紋章は」

小林くんも覗き込みました。なるほど、その紋章は十字架に装飾をつけたように見ることができます。明石家は名の通ったキリシタン大名でした。家康《いえやす》の禁制でキリスト教伝道は途絶しましたが、遠い昔の家紋として十字架由来が残されたのなら、正しく明石家の象徴といえるでしょう。

「中央に切れ込みがあります。あ、どちらの鍔もおなじ位置に開いている。なにか差し込んだのでしょうか」

小林少年がひねくっていると、また屋台骨が揺れパラパラと雨の音が襲いかかります。

「そうだ、風呂をたてましょう」

「よろしく頼む……って、きみ、湯釜《ゆがま》の使い方がわかるのかね」

「はい。こないだきたとき、明石さん……じゃなかった、贋者の子爵に教えられましたから」

明石さんが吹き出しました。

「二十面相のコーチかね。燃料はあるのかい」

「薪《まき》が貯蔵してありました。あいつ、しばらく住んでいたんです」

「ありがたいことだ。なんでもひと揃い用意してくれたと見える」

二十面相の余香《よこう》で風呂を浴び、小林くんも明石さんも備えつけの浴衣《ゆかた》に袖を通しました。銭湯にあるような大型の姿見に映して見ると、揃いのデザインだけにふたり並ぶと妙な具合です。明石さんもそう思ったのでしょう。

「兄弟にはとても見えんな」そんなことをいいました。

「せいぜい親子だが。……まあ、どっちでもよろしい」

「ハア、同感です」

肩を並べてククッと笑ってしまいました。

雨漏り騒ぎで疲れたので、ベッドに入ってすぐ眠るつもりでいたのですが――突然小林くんは跳ね起きました。

「眠れないのかね」

「そうじゃありません、暗号です！」

「なにか思いついたの」

「はい、あの二枚の鍔なんです。楕円形に十字架が刻まれていて明石家を象るなら、もう一枚の鍔の丁子は、お母さんの実家の家紋じゃないでしょうか」

「おお……」

むくりと明石さんも半身を起こしました。

「そうか押小路家の！」

少年がなにをいいだしたか、子爵は悟ったみたいです。

「なるほど……『押小路抱きて明石を貫けば』か」

「はい。どちらの鍔にも真ん中に切れ込みが入っています。『抱きて』というのは二枚を重ねろという意味だと思うんです」

「ううむ」

明石さんが唸りました。押小路の家紋の鍔に、明石家の鍔を重ね合わせる。そして二枚をなにかで貫けば……？

ガタガタと雨戸が鳴り響きます。興奮した明石さんも、その音で冷静さを取り戻しました。

問題は『なに』で『どう』貫けば、暗号が解けるのか。

そのことについては、まったくとっかかりがありません。

「うーん。なんのことだろう」

「なんのことでしょうね……」

考えている内に、いつしかふたりとも眠ってしまいました。

台風一過といいます。明日は晴れるでしょうか。

先生は日本にいなかった

ものの見事に晴れました。スコーンと擬音で形容したいほど気持よく晴れたので、小林くんは上機嫌で渋谷に帰ることができました。

それも嬉しいことに、渋谷から新橋《しんばし》へ向かう都電が運行を再開しています。都電の中でも基幹路線ですから、台風が去るのを待ちかねて交通局が突貫作業をやってのけたようです。

もちろん客は鈴なりですが、小林くんも慣れたもの。大人たちの背中にブラ下がって、龍土町に辿り着くことができました。

菜園の被害は大したこともなく、ホッとした少年がひと通り掃除を終えると、にわかに時間があきました。

学校の再開まで、当分自宅待機中ですから、少年にとってあの問題に挑戦する、絶好の時間ができたわけです。

いうまでもありません、明石家の暗号です。葛飾北斎の名画の行方を秘した暗号。

名画の内容はあまり考えたくありませんが、暗号なら頭の訓練にもってこいでした。明石さんの話では、趣味の広かった先代が、手すさびにデッチ上げた謎々《なぞなぞ》ですから、中学生の小林くんだって解ける可能性は十分にあるのです。……というわけで、明智先生の椅子に腰を下ろした少年は、大まじめな顔で考えはじめました。

三十分、一時間、一時間半。

ガタンと大きな音を立てて、小林くんは椅子から滑り落ちました。

「あいたたたた」

少年はどうやら居眠りしていたようです。

「ウーン。なにかひとつきっかけでもあったらなあ」

呟いたときベルが鳴りました。電話かと思ったら違いました。玄関の呼び鈴《りん》が音高らかに少年を呼んでいたのです。矢島のおばさんならノックをするし、郵便屋さんなら黙って郵便受に入れて行くでしょう。

新聞代でも取りにきたのかな。考えながら戸を開けた小林くんは、びっくりしました。白っぽい帽子と作業服らしい上下を着た青年が、直立不動の姿勢で立っています。その形の良さから、ひと目でもと兵隊さんとわかりました。少年を見た彼は、ピンと背筋をのばして敬礼しました。

「小林芳雄くんでありますか」

「えっ。ハイ、ぼくですけど」

「海軍二飛曹の青山であります。明智少佐から伝言をことづかって参りました」

「エーッ！」

これを青天の霹靂《へきれき》というのでしょう。もう少しで小林くんは、舌を嚙むところでした。

「あのっ、明智小五郎先生のことですねっ」

「そうであります。自分は愛媛県西海岸で、少佐の指示による暗号作成の作業に携わっておりました」

明智先生が暗号要員だったらしいとは聞いています。戦争の宣伝記事を書かせるため有名作家を動員した報道班員並みに、少佐待遇であったようですが、現実に勤務状況が確認できたのははじめてです。小林くんの声がはずみました。

「すみません、ニヒソーってなんでしょう」

青山さんが笑って答えます。

「失礼しました。自分は松山海軍航空隊の二等飛行兵曹であります」

「ああ、それなら……」

やっとわかりました。陸軍でいえば伍長にあたる階級です。

「青山さんは復員できたんですね！　じゃあ明智先生ももうすぐ」

青山さんの重い声が、高揚に水を差しました。

「残念でありますが、日本におられません」

「えっ、どういうことでしょう」

「明智少佐は一年前、ドイツの参謀本部に赴任されました」

「ドイツって……ヒットラーが死んで、ベルリンも占領されたじゃありませんか！」

「いえ……」

「……」

青山二飛曹は答えません。やつれた兵隊さんの額に、汗がびっしょり浮かんでいるのに気づいて、あわてて家に招きいれました。

「あの、どうぞ。なにもないけど、お水くらいなら」

冷蔵庫はないけど土間《どま》には井戸があります。汲み上げた冷たい水を口にして、ホッとひと息ついた様子でした。

先生に関することなら、なんでも知っておきたい。そんな気持の小林くんでしたから、矢継ぎ早に質問を浴びせます。

青山二飛曹は朴訥《ぼくとつ》な口調で、知る限りのことを話してくれました。航空隊は呉《くれ》鎮守府に属しますが、暗号に携わる通信隊は宇和島の南にある城辺《じょうへん》に置かれていたそうです。

敗色が濃くなってからも明智先生はいつも通りの先生だった。それがわかっただけでも、小林くんの気持がはずみます。その少年に、彼は誇らしく告げました。

「少佐は申しておられました。われわれが考案した新しい海軍の暗号は、ついに敵の解読を許さなかったそうであります」

「えっ、そうなんですか」

おなじ日本海軍でも、以前から使っていた暗号が米軍に解かれたため、山本提督が戦死した。そんな噂を聞いていただけに、暗号技術で連合軍に拮抗《きっこう》できたのは快挙でした。

「エニグマを知っている？」

口がほぐれてきた青山さんは、こんなことも話してくれました。

「いえ……」

「ドイツが開発した暗号の生成機で解読機でもある」

「暗号を機械で！　凄いや」

「ドイツは技術に優れた国だからね。難攻不落の暗号を組み上げたつもりでいた。それがイギリスの科学者に解読されたらしい。だから明智少佐が招かれた」

「へえ！」

「エニグマを超えるエニグマを、というわけだ。日本を代表する頭脳として、少佐はヨーロッパへ飛んだ」

敗勢が明らかになったドイツへの旅です。死の危険に脅《おびや》かされながらも、無事ドイツの土を踏んだ――と語ってくれた青山さんが、ふたたび言葉を改めて告げたのです。

「渡欧直前、少佐は留守を守る小林芳雄くんに、伝えてほしいと申されました。戦いが終われば必ず麻布の家にもどる、安心せよと」

「ハイッ、ありがとうございます。確かに承りました！」

なんだか涙が零れそうになりました。先生のことです、あらゆる手段を尽くすに違いないと信じるのですが、敗残のドイツの中でどう生き延びることができたでしょう？

小林くんのおなかの底に、なにやら冷たく重い石が居すわるみたいです。でも……でも、今ぼくが考えなきゃならないのは、明石家の〝暗号〟なんだ！

実をいうと少年は、あれこれと青山さんから聞いた先生の言葉に、思い当たる指摘があったのでした。

明智探偵のヒント

暗号と限らない、あらゆる謎を解くのは頭の柔らかさだ。

そう先生は、彼に話したといいます。

「謎を解決するには一面的であってはならない。押してダメなら引いてみろ。ドン詰まりとわかったら、潔《いさぎよ》く退却していいんだ。それによって新しい道が開けるなら」

そんなことも仰ったそうです。

進むことだけ考えて退《ひ》くことを知らない日本軍のやり方を、明智先生なりに皮肉ったのかも知れませんが、頭が痛くなるほど明石家の暗号にのめり込んでいた小林くんには、それがドキリとする忠告となりました。

(そうだ。ぼくは行き詰まっている)

暗号の上《かみ》の句はおぼろげにわかっても、残る半分は五里霧中でしたから。

エイ、それなら先生のいう通り、ひと思いに退却してしまえ。

そう考えたらスッと気が楽になりました。

二枚の鍔を重ねるとわかっただけでも進歩じゃないか。後はどこで重ねるのか、そいつさえ思いつけば――。

そのときです。頭の奥で稲妻がぎらりと光りました。

ぼくは今、自分でどんな独り言をいったっけ。そうだ、「ど、こ、で重ねるのか」そういったぞ。

どこで？

アレだ！

短冊として残された暗号と照応するには、おなじくらい古くから明石家に残されたモノであるべきだ。

閃《ひらめ》いたのは、中村さんと肩を並べて四谷家の敷地を回ったとき、目についた日時計らしい台石のことでした。

先代の明石子爵が隣家に土地の一部を売却した――でも土地に付随した日時計はそのまま残されている――なぜ四谷家は邪魔な台石を処分しなかったのか――そこには誰かの意志が働いていたのではないだろうか。

帰郷の途中で立ち寄ってくれた青山二飛曹を見送った後、小林くんはあわただしく行動を開始しました。

まず土地買収の事情を、四谷家に確かめる必要があります。子供のぼくがじかに頼むよりもと、中村さんに頼んで聞いてもらいました。それではっきりしたのです。

「佐脇秘書が当時の経緯をよく知っていたよ。空襲を心配したあの一帯は四谷家を中心に、大規模な防災倉庫を造る計画ができていた。土地の買い取りを打診したところ、明石家の先代が条件つきで承諾したそうだ」

「どんな条件だったんですか。もしかしたら日時計を残すという要求だったのでは？」

小林くんが突っ込むと、電話の向こうで警部がびっくりした気配が窺えます。

「よくわかったね」

「やはりそうでしたか！」

「理由はいわなかったが、おなじ場所にそのまま残してほしいと……そうそう、われわれは日時計と考えていたが、そうじゃなかった。あれは月時計だそうだよ」

「月時計！　そんなものがあるんですか」

日時計が太陽から時間を計測するように、月時計は月の影で測定するのだそうです。

「四谷家に土地を売ったとき、煉瓦塀で隔てられてしまったが、もとは池から見える場所に立っていた。心字池とならんで月を愛《め》でる小道具のひとつだったらしい。佐脇氏は笑っていたよ。旧家というのは無意味に凝るものだってね」

焼けるまで、壁泉や花壇で庭を飾った四谷家秘書の言いぐさとも思えませんが、小林くんはホッと大きな吐息をついていました。どうやら袋小路を抜けたみたいだ。その自覚があったからです。

日は傾いていましたが空はおおむね晴れていて、今夜は月時計の観測には絶好でした。

今日の東横線は順調でした。明石邸に行く途中、巡査の中川さんに挨拶していたら、買物籠《かご》をブラ下げた作務衣の明石弦一郎氏が通りかかりました。

「お帰りなさい」

巡査に敬礼されて、「やあ」気軽に答礼します。華族さまとは思えない民主化のお手本みたいな明石さんでした。

そのまま日時計を話題に立ち話をしていると、中川巡査が割り込んできました。国民学校六年の息子さんの夏休みの宿題が日時計だったそうです。

「宿題ですか！」

思わず小林くんは大声を上げました。

「久しぶりに聞く言葉だなあ。坊やたち疎開しなかったんですか」

「俺の家は練馬《ねりま》の外れでね。焼夷弾より大根がよくとれる土地柄さ。おかげで三度の食事は大根飯だ。大根に飯粒がこびりついただけで、飯大根といった方がいい」

情けなさそうに笑いました。男の子ばかり四人といいますから、配給の二合一勺《いっしゃく》で足りるわけがありません。そう思って見たら中川さんの制服は、ブカブカでした。

「国民みんなが飢えているんだ……」

同情に堪《た》えない口ぶりの明石さんです。

「明日には姪《めい》っ子が鎌倉から出てくる。食い物を運んできたらお裾《すそ》分けしよう。ま、期待しないで待っていたまえ」

喜んで頭を下げる中川さんは、お巡りさんというより子供に甘い父親の顔です。きっとこの人、夏休みの宿題も手伝ったんだろうな。

それで思い出しました。

「あのう、実はぼく、その日時計に用があるんです。暗号のことで」

「ほう！」

明石さんが目を丸くしました。

「きみ、そのためにきてくれたのかね」

「はい。ちょっと考えたことがありますから……」

考えを確かめるには、日時計の台座をもっとよく観察する必要がありました。といっても柵で囲まれて簡単には近寄れません。

「どうやって日時計を調べるつもりかね」

「えっと……そのう……今夜はぼく、家宅侵入罪をやるんです。中川さん知らん顔してください」

頭をかきかきお願いすると、巡査は目を丸くして、明石さんは大笑いです。

「犯罪を予告するとは、まるで二十面相だね。……わかったぞ」

頭の回転の速い子爵は、小林くんの考えをズバリと当てました。

「うちの庭から四谷家へ、抜け穴を使って日時計に近づく魂胆《こんたん》だな。どうせ隣は無人の焼跡だ。構わんだろう、巡査くん。なんなら私がいいだしたことにしてくれ」

さっさと中川巡査の許可をもぎ取ります。

「私も同行するからよろしく」

冗談かと思ったら本気です。玉ネギと夕刊が入った竹籠を抱えて、作務衣姿を見せびらかしました。

「これなら、少しくらい汚れても大事ないだろう」

「汚れたら誰が洗うんですか」と、小林くんは苦笑いです。

「なんなら、ぼくがまたきますけど」

「いや、ご心配なく」

明石さんはヒラヒラと手をふりました。力仕事なんてやりそうにない華族さまなのに、指が節《ふし》くれだっているのが目につきます。

「佳子《よしこ》がくる」

佳子というのが、明石さんの姪なのでしょう。このくだけた華族さまは意味ありげに、少年に笑みを送ってきました。

「きみとおない年だが、学校嫌いの我《わ》が儘《まま》者でね。空襲では役に立ったが、戦争が終わったら張り合いがないと、けしからんことをいう。そんなに暇なら叔父《おじ》さんを手伝えといってやった。きみとはいい遊び友達になるだろうよ」

妙に含みのある言葉でしたから、小林くんは勝手に顔を赤らめました。

「鎌倉のお嬢さまなんて、ぼくには口も利いてくれませんよ。……だったら、掃除や洗濯の心配はいりませんね。いつまでご在宅ですか」

「ま、当分というところかな。中川くん、よろしく差配してくれたまえ」

「かしこまりました。あいにくあさっては本官は別な任務についておりますが」

「ははあ、日本中がピリピリしているからね」

明石さんはひとりで呑み込んでいます。

「マッカーサー元帥到着の翌日だもの、警戒網にきみも動員されたのか。いや、白状すると私もだよ」

「えっ。明石さんまで警護ですか」

小林くんが口走ったら笑われました。

「いやいや。華族の有志が集まって、元帥の面会を取りつけようと早々に頼みに行くんだ」

子爵は薄笑いを浮かべています。

「大日本帝国が瓦解すれば、華族制度はなくなるだろう。アメリカはこの国の特権階級存続を許すまい。そこで早手回しに陳情しようというんだが……津波がくるとわかっていながら、バケツで水を汲み出して意味があるもんかね」

明石さんは乾いた笑い声を漏らしました。

「戦前からのつき合いもあるので、私は佳子に留守をまかせて、一日お堀端《ばた》をうろつくことになるんだが……ホイ、長話をした」

いつの間にか日が翳《かげ》っています。シャワシャワとうるさかったセミの声が、ヒグラシに変わったのに気がついて、明石さんは竹籠を揺すり上げました。

「では行くかね、小林くん。侵入罪をやってのけるのに手ごろな時間になった」

「お気をつけて」

中川さんは几帳面に敬礼して、ふたりを見送ってくれました。

事件と事件の隙間を、風のように通り抜けた会話でしたが――でも読者のみなさん、油断してはいけません。

こんなささやかな立ち話にも、意外な意味が含まれるのが探偵小説なんですから。

台座と針と紋章

日が沈み切るまでの間、小林くんは借りたシャベルとハンマーで抜け穴の周囲を崩しました。一度は外された煉瓦ですから、目地の漆喰《しっくい》は思ったより簡単に砕け、人ひとりがくぐれる程度の穴を開けることができました。

様子を見にきた明石さんも満足そうです。

「覗いてみよう」

散歩みたいな気楽さで、ふたりは家宅侵入罪を敢行しました。

夜空を仰ぐと黒ずんだ乱雲が流れて、ぷっくりした月が、雲の向こうに顔を見せてくれます。

侵入したもと明石家、今は四谷家の土地の四方から、てんでに楽の音を競っている虫たちのコンサート。B29でも焼き尽くせなかった自然の営みが、敗戦日本を夏から秋へと押し流すのでした。

月が陰るととたんに危うくなった足元ですが、懐中電灯は消したままにしました。木柵越しに明かりが見えては、怪しむ人だっているでしょう。さいわい抜け穴から日時計まで、ローラースケート用の舗装がつづいています。

「これだ」

明石さんがとりついた台座は、腰までの高さのコンクリート製で、縦横30センチほどの正方形の石盤を支えていました。

「キチンと北向きに作られてます」

小林くんが石盤に載せたのは、小さな羅針盤《らしんばん》でした。

「用意がいい」

と、明石さんが褒《ほ》めました。

「日時計に見せかけて、本当は台座そのものが地下への入り口かも知れない。そう思ったんだけど……」

小林くんはつい日時計といいましたが、謎歌を読めば望月の夜が舞台と思われるので、これからは月時計と呼ぶことにしましょう。

どちらの時計も方位は北極星が基準ですから、北に向いている必要があります。

「時刻の目盛りも刻まれていますね」

石盤を覗いて、小林くんがうなずきます。

「しかし針はどうなるのかね。理科で習ったのは四十年以上昔だ、なにも覚えておらんよ。

中川巡査の息子の方がまだマシだ」

苦笑を漏らした明石さんに、現役の中学生は自信ありげでした。

「針はなんだっていいんです。木の棒でも竹でも……ただここは東京だから、石盤と35度の角度に立てる必要があります。角度は設置する場所によって違うから……その土地の緯度に合わせればいいんだ」

子爵が感心しました。「なるほど。だがこれは時計だよ。何時に計測すれば正しいのか、考える必要はないのかね」

そういってから、明石さんは失笑しました。

「そうか。時計は仮の姿か。時間によって向きが違うのでは役に立たない」

「はい。ですから調べるのはいつだっていいんです……でも、どうすれば宝のありかを示してくれるのか」

頭をふった少年の掌が、石盤を撫でて――すぐその掌を離して、不思議そうに眺め回しています。

「どうした、小林くん」

「これ……明石さんも撫でてみてください」

いわれた通りに手探りした明石さんは、すぐ顔を上げました。

「凸凹がある。自然な石の凹みじゃない。人間が細工した痕だね」

見ただけでは時刻の刻みに誤魔化《ごまか》されますが、両目を閉じてゆっくり探ると、確かにそこには意味を持った文様が刻まれていました。

「これは……十字架の形だね」

「ハイ、そう思います」

明石さんは改めて、じっくりと時計の石盤を睨みつけました。

「十字架の窪みか……例の鍔とおなじくらいの大きさだぞ」

「この上に置いたら、どうなるでしょうか」

「私もおなじことを考えた。よろしい、すぐに持ってこよう」

華族さまの軽快な動きは抜群でした。あっという間に抜け穴をくぐり、自分の家にとって返します。

「スポーツでもやってらしたのかな。スキーだのゴルフだの」

リンクの上を雲が流れます。影が鮮やかに見えるのは、それだけ今夜の月の光が冴え渡っているからに違いありません。その動きを目で追っていた小林くんは、ふっと火の見櫓を見上げました。焼跡の向こうに聳える四谷家寄贈の櫓です。人気《ひとけ》もなくシンとしていると思ったのですが、気のせいでしょうか、櫓の上でなにか光ったような気がしました。

「やあ、待たせたね」

もどってきた明石さんに、小林くんが囁きました。

「櫓に人がいるみたいです」

明石さんは驚きませんでした。

「四谷の社員が点検にきたのかな。いいさ、明かりを使わなければ、向こうからこっちは見えやしない」

赤外線監視装置はナチスが軍事用に開発したばかりでしたが、利用するには対象物を赤外線灯で照らす必要があります。四谷家にも明石家にもそんな照明は設備されていませんから、月が雲に隠れてしまえば、どれほど目を皿にしても櫓から見えるはずはなかったのです。

重たげに携えてきた布の袋から、二枚の鍔を取り出した明石さんは、まず自分の家紋の鍔を石盤に載せました。右に左にずらしていると納まる位置に納まったらしく、鍔は動かなくなりました。

問題はもう一枚の丁子紋の鍔です。

「押小路抱きて明石を貫けば……だったな」

謎歌を口ずさみながら、明石さんはあれこれ試しはじめました。小林くんも心配顔で覗き込むのですが、暗いので細かなところまではわかりません。

「鍔同士が重なるようになっていないんですか」

「ピタリとではなく、ずらして置く必要があるようだ」

目を瞑った明石さんは、指先の触覚にまかせて鍔と鍔をすり合わせているみたいです。

カチカチと金属の触れ合う音、ガリガリと摩擦する音がつづいてから、ようやく声を上げました。

「そうか……石盤に穴が開いている。こいつがきっと月時計の針を立てる位置だ」

「ええ、それで」

そこまでは小林くんも想像していました。しかし鍔の方にはそれに見合う穴が開いていません。

「その代わり切れ込みがある」

5センチほどです。本来の鍔なら刀身を装着する箇所でしょう。ふたつの鍔にはどちらも切れ込みができていました。

「そいつを合わせてみる。……鍔の大きさが違うから完全に合うことはない。だがホンの一部重なり合った……たぶん透かして見れば、石盤の針を立てる穴に繋がるんだ」

目を瞑っていても、ちゃんと見えている口ぶりです。やがて明石さんがそろそろと手を放すと、斜めにずれた形で鍔は固定されました。

「竹ひごを取ってくれないか」

鍔と鍔が離れて落ちそうなのを支えて、明石さんが手をのばしました。布袋から50センチくらいの長さの竹ひごが飛び出しています。買物籠を編んでいた中の一本を抜いてきたと見えます。渡された竹ひごを、明石さんは鍔の穴に差し込みました。思ったよりずっと簡単に、スルスルと先端が入ってゆきます。

押小路家の紋から明石家の紋を貫いた竹ひごは、最後に石盤の穴で止められて、斜め上方に鎌首《かまくび》を持ち上げた姿で静止しました。これが月時計の針というわけでしょう。

「ほほう」明石さんが感心しました。

ズレて重なった二枚の鍔から斜めにビヨーンと生えています。

「うまく出来ている。さて針の角度はというと……」

つぶやいた明石さんの手に、ヒョイと小林くんが分度器を摑ませました。これも袋にあった大形のセルロイド製です。タイミングのよさに明石さんは笑いだしました。

「きみとは実に呼吸が合うね」

「ハイ!」小林くんも笑いました。

丁字紋の鍔と針がつくる角度は25度でした。月時計なら35度のはずだから、やはりこれは時計ではないようです。

「さて、針の示す方向はどうかね」

小林くんが分度器を石盤に当てて、影の方位を確かめました。

「やはり真北ではありません。少しだけど西へ傾いています」

「その方向に宝が」

「隠してある!」

はずんだふたりの声が同調しました。見事に呼吸が合っています。

現れた宝への道しるべ

ズレて重なった二枚の鍔から竹ひご製の針が斜めにビヨーンと生えています。丁子紋の鍔と針がつくる角度は25度でした。月時計なら35度のはずですが、明石さんも小林くんも呑み込み顔でした。これが時計ではなく、地下室の入り口を案内する装置と知っているからです。あいにくこのタイミングで頭上の雲が広く分厚くなったので、月はおいそれと姿を見せません。でもふたりは根気よく待ちました。火の見櫓は静まり返っています。庭の監視はもう諦めたのでしょうか。

雲が薄れ、月の光が濃くなってきました。

「今日は二十九日だったね」

明石さんがいいたいことはわかります。

「望月は六日前でした」

「その分、針の誤差を修正して考えよう」

謎歌の最後は「いちしくのよにさせやもちつき」でした。はじめて聞いたときは、いちじくは食用の無花果と思いましたが、明石さんの話では、庭に無花果を植えたことは一度もなかったといいます。

「望月」という言葉と合わせて考えれば、「いちしく」は「一字〝九〟」ではないかと小林くんが提案して、明石さんも賛成していました。

「俳諧で〝望月〟といえば年に一度の八月の満月だからね。むろん太陰暦《たいいんれき》の八月だから、現代なら九月になるわけだが、それにしても大雑把な指摘じゃないか」

「はい、ですからおおよその誤差を頭にいれておけば、今夜の月でも見当がつくと思うんです」

「けっこう。たかが——といっては失敬だが、父上のお遊びのコレクションだからな。一分《ぶ》一厘《りん》を問題にするほど精密な入り口ではないだろう」

針の先端は風で揺れながらも、はっきりと投影されています。ところがその位置は、スケート場の舗装面ではなく、明石家とを隔てる煉瓦塀の上部でした。

「さて、ここからだぞ」

と、明石さんの落ち着いた声。

「私はこう考えた。先代は月時計の移設を拒否した。それなのに煉瓦塀で両家を遮断するのは許している。してみると針の角度だけが重要であって、塀の存在は無視してよいということだ」

「はい」

「無視するとはどういうことか。試しに私は図面を起こしてみた……」

「それがこの平面図ですね！」

ガサガサと音を立てて、小林くんが袋に残っていた図面を引っ張りだすと、明石さんは満足そうでした。

「その通り。ふたつの庭を真上から見下ろした図だ」

煉瓦塀のどこに針の影の先端が落ちたのでしょうか。

「煉瓦を積んだ目地が、物差し代わりになっていますよ」

「うむ。上から三段目の煉瓦だな」

四谷側から見ても明石家から見ても、三段目に変わりはありませんが、

「さて、うちにもどってこの位置が、すぐにわかるかね」

「わかるように、影の真上にこの石を載せましょう」

いうが早いか小林くんは、おむすびみたいな形の石を摑んでジャンプしました。

「うまい」明石さんが拍手しました。おむすび石は針の影が差している煉瓦の真上に、チョコナンと載ったのです。

「ではあれを目印に、うちの庭から確かめよう」

竹ひごや鍔を袋にもどしたふたりは、また抜け穴をくぐって明石邸にもどりました。

おむすび石を見上げた明石さんは、その真下にポツンと咲いたゼラニウムの花を見つけました。真紅の花弁は、夜目にもはっきり見ることができます。

図面を拡げた明石さんがうなずきました。

「花がここに咲いている。壁の向こう、三段目の煉瓦に影が届いた。とすると、ここから先はどう辿ればいいのか……」

「えっと、ですねえ」

覗き込む小林少年と、今にもおでこをぶつけそうになってから、明石さんは笑い出しました。

「いかんいかん。あぶなく騙されるところだった。先代は塀を無視していいと教えてくれたのだよ」

「あっ、そうか」

小林くんも笑ってしまいました。

「もっと簡単に考えればいいんだ。壁なんかないと思えば、この花を基点にして北北西へ延長するだけですよ！」

「そういうわけだが……オヤ」

図面と目の前の庭を照らし合わせた明石さんが、ちょっと戸惑いました。

「延長線が池に沈むぞ」

台風の雨水で満杯になった心字池が、ひっそりと淀んでいました。いくらか水は澄んだようですが、底までは見通せません。

「深いんでしょうか」

「いや、せいぜい膝くらいだったと思うよ」

「それなら、ぼくが調べます」

元気者の小林くんでした。あっという間にズボンを脱ぎ猿股《さるまた》ひとつになって、なんのためらいもなく池に踏み込もうとするのです。

「ガラスや瀬戸物が落ちてやしないか」

「大丈夫です、サンダルに履き替えていますから」

ゼラニウムの花を目の隅に見て、角度を諳《そらん》じながら足を沈めました。片足ずつゆっくりと水中を探ってゆきます。

「……あ」

小林くんがおかしな声を上げました。池の底でなにかを探り当てたみたいです。

「どうした」

「うわあ……かわいそうに」

片手で摑み上げたのは、掌に載るほど小さな猫の死体でした。コチコチに固まっています。

「足を滑らせたのかな……水の中でカラスもネズミも近寄れなかったんだ」

池の縁に子猫の遺体を載せました。後で埋めてやるつもりなのでしょう。

しばらく足探りしていた小林くんが、もう一度声を上げました。

「なんだろう……丸い石みたいだけど」

「蹴っても動かないのかね」

「そうなんです。ただ落ちて転がっているのではないみたい……」

汚い池なのに、少年はためらいもせず水面に顔を近づけ、手にした懐中電灯を突きつけます。濁った水が少しばかり明るくなると、その姿勢のまま明石さんに尋ねました。

「……お父上は冗談や洒落がお好きでしたか」

すぐに明石さんの答えがありました。

「落語もそうだが、地口《じぐち》や駄洒落が大好きな、暇な殿さまだった」

「じゃあこれだ。底に赤い石があります。キノコみたいに生えてて動かせないんです。赤い石……アカシのつもりじゃないでしょうか」

池の縁にしゃがみ込んでいた明石さんが、吹き出しました。

「くだらない洒落だ、父上らしい。きっとそいつがスイッチだろう」

「踏んでみます」

小林くんの語気に、わずかな緊張が走りました。

「異常が起きるかも知れません。気をつけてください」

短い間がありました。

確かに力を込めて踏んづけたのに、なにも起きません。見当違いだったのか。

失望した少年が、もう一度水を透かして底を見ようとしたときです。にわかにその水が、猛烈に泡立ちはじめました。

「うわっ！」

さすがの小林くんも、悲鳴を上げてしまいました。両足を踏ん張っていた池の底が、だしぬけに足の下から消えたのです。底が抜けた！

「小林くん！」

とっさに明石さんがのばした手を、少年は無我夢中で掴みました。ふだんは華族さまらしくおっとりした物腰なのに、こんな場合の瞬発力には目覚ましいものがありました。子爵の腕力に救われて少年の体がブラ下がり、一拍間をおいたところでカランカランと金属が固いものにぶつかる音が聞こえました。

それは小林くんが落とした懐中電灯だったようです。

走る列車の行先は

どうどうと水の落下音がつづきます。底が抜けた――というより赤いボタンの周囲がスライドしただけでしたが、そこから池に溜まっていた水が、残らず落ちていったのです。

「心配ないようだ……ホラ」

底知れない深い穴と見えましたが、早くも明石さんは落ち着きを取りもどしていました。右手一本で小林くんの体重を支えながら、左手で自分の懐中電灯を底に向けて照らしたのです。

明かりの中の光景を見て、小林くんは悲鳴を上げたことが恥ずかしくなりました。

「あの……手を放してください」

「気をつけて」

明石さんの声を頭上に聞いて、ピョンとその場に飛び下りました。すぐ足元に広がっていたのは、しっかりした造りの階段の踊り場でしたから。

水音はしばらくつづきましたが、池が空っぽになるとやみました。それでもまだ当分は雨の滴が垂れるような音がつづきます。耳をすますとずっと深い場所を、緩やかに流れてゆく水の響きが、コンクリートで固められた周囲の壁に谺《こだま》していました。

「地中を川が流れている……」

隣に身軽く飛び下りた明石さんがいいました。

「池の水は全部そこへ落ちたんだ。地形から見て、多摩川にそそぐ伏流水だろうね……階段は長くなさそうだ、下りてみよう。はい、きみのズボン」

池の畔に脱ぎ捨てていたズボンを、明石さんがちゃんと持ってきてくれました。

「すみません」

暗さに紛れてそそくさと身につけました。サンダルは脱げなかったので、そのまま行動できそうです。

明石さんがいった通り、階段はじきに終わりました。ふいにガランとした空間に出た様子ですが、ここまでは月の光も届きません。サンダルの爪先に当たった懐中電灯を拾ったので、光は二本になりましたが、目の前に黒い壁が広がっているみたいで、前に進もうにも動きがとれないのです。

「ここが先代の宝蔵なら、どこかに照明があるはずだ」

独り言をいいながら、明石さんは電灯片手に壁をまさぐっていると、やがてカチッと音がして周囲が明るくなりました。といっても、目を射られるほどの光量でないのは、ふたりの正面に黒い列車の車両が鎮座していたからです。

(車両……どういうこと?)

小林くんは目を見張りました。なぜこんな代物《しろもの》が地下に据えつけてあるのか、さっぱりわかりません。

いち早く明石さんが指摘しました。

「小林くん。これは駅名標じゃないか」

駅名標というのは、鉄道のホームに立てられた駅名を表示した、四角い白い看板です。そっくりおなじ大きさの標識には「あかし」とあり、下部に「明石」と漢字で表記され、ご丁寧に「山陽《さんよう》本線」と添え書きされていました。確かに明石駅なら、神戸の西にあったはずです。少年も納得しました。

「停車場なんだ!」

土盛りされたホームに一両きりの列車が停車中。そんなイメージで作られたセットだったのです。

「ここはウチの駅というわけだ」

呆れたような口調で明石さんは、白い板の黒い文字を撫で回しました。

「この標識は昨日今日できたものじゃないぜ。それなりに年季が入ってる。こいつも先代のコレクションのひとつらしい」

本物の鉄道の小道具を金に糸目をつけず集めたといいますから、きっと実際に使われていたものなんでしょう。

「ちゃんと割栗石《わりぐりいし》に乗せてレールが敷いてある。信号機も立っている。このレールはどこまでつづいているんだ……まさか」

後は苦笑いで誤魔化しましたが、きっと明石さんは、遥か先までつづくレールを想像したに違いありません。信号機の先はすぐトンネルで、確かめる術《すべ》はなかったのですが。

「この列車、動くのかなあ？」

おそるおそる小林くんがいいました。期待を交えた口ぶりに、さすがの明石さんも、

「そんなわけはないだろう」

否定しながら、それでも車両の中を覗き込んだのは、男なら誰でも子供のころ汽車ごっこの体験があったからでしょう。

小林くんが車両の先端の戸を押すと、あっさり開きました。

「え」「ほう」

車内の明かりがぼんやりと灯ったので、ふたりいっしょに反応しました。

「生きてるんだ、この列車！」

感嘆の声を上げた小林くんに、明石さんが尋ねます。

「列車といっても一両きりだが」

「鉄道では一両きりで走っても、列車と呼ぶんです」

「ほう」一本とられたというように、明石さんが口をすぼめました。

「そういえば電車ではなさそうだね。トンネルが小さい……架線がない。するとディーゼルカーか、ガソリンカーかな」

「いえ、バッテリーカーですよ。あのでかいのは蓄電池だと思います」

車両の三分の一を占めて座り込んでいる、黒い大型の箱を指さしました。そういえばここ数年――といっても戦争が激しくなる前、電気バスがあちこちを走っていました。電池の容積が大きく乗客席を削る必要があったため、やがて架線を使った無軌条《むきじょう》電車（トロリーバス）にとって代わられてゆきましたが。

「なるほど。照明の電源もここから供給しているのか」

好奇心いっぱいの子爵がノコノコと上がり込みます。車両限界が小さくて、かがまないと頭がつかえそうでした。それでもギシッと車体が揺れたのは、台車にちゃんとスプリングが組み込んであるからです。きっと実際に使用されていた車両なのでしょう。

「ナローですね」

「なんだって」

「レールの幅——軌間幅762ミリが実用に堪える最小サイズで、ナローと呼ばれています。小学校のころ下津《しもつい》井鉄道まで乗りに行ったことがあります」

下津井鉄道は大正のころから、岡山県の南部を走っているナローゲージの鉄道路線なのです。

囲いのない運転席を覗いた小林くんは、驚きました。

「光ってます」

運転盤にはレバーやメーターゲージが並んでおり、中央の青いランプが音もなく明滅していたのです。『発車準備完了』という文字が、盤上の小さな窓に浮き出ていました。

小林くんの肩ごしに、明石さんも覗き込みます。

「電動だけに、運転は簡単らしいね」

「これを押せばいいのかな？」

おっかなびっくりで小林くんが撫でてみました。押すつもりはなかったけど、小さな運転席で無理な姿勢をとったから、ついよろめいて——。

「わ」押してしまったのです。

「おっ」

子爵もギョッとなりました。

その、とたん。

運転席前方に灯る二灯式の信号機が赤から青に切り替わったと思うと、車両がガクンと揺れました。

明かりが消えた代わり、猛烈に回転するモーターが運転音を伴って、真っ暗な車内をゴオゴオと揺すったから驚きました。

正面から吹きつける風音に紛れて、目の前の信号機があっという間に消え去ります。左右に揺れる車両の中で、天井や壁に手をのばしたふたりは、懸命に体を支えました。本当にこの列車ときたら、「走ってるっ！」

小林くんが金切り声を上げました。声変わりしたはずなのに、まだこんな声が出せるんですね。その隣では、明石さんの怒鳴り声。

「こんなバカな！」

揺れる車内で今にも頭をぶつけそうです。前方はトンネルの闇ですが、ところどころに設けてある灯火が、後ろへ後ろへ飛んで行くのが見えました。

バッテリーカーでも時速30キロは出ています。

ふだんの沈着を置き去りにして、明石子爵が声をからしました。

「どこまで走るんだ、この電車は！」

惑乱《わくらん》するのも当然です。

邸内深く地下室を掘るのは、防空壕造成にカムフラージュすれば可能だったでしょう。でもそんなことができるのは、自宅の敷地の範囲です。仮に時速20キロだったとすれば、3分で1キロの距離を駆け抜けて5分もすれば多摩川に飛び出します！

揺れながら少年はポケットからコンパスを取り出しました。

列車は真北に向かって走っていました。多摩川とは逆方向なので落ちる心配はない代わりに、田園調布駅の直下を突き抜けることになります。

冗談じゃない！　あの住宅街に地下鉄を通すなんて百年早いぞ！

……が、このときでした。煮えたぎる少年の頭がスーッと冷えてきたのは。

なあんだ、そうだったのか！

「わかりました、明石さん」

呼びかけられた子爵は、まだ悩乱《のうらん》のさなかにある様子です。

「なんだ、なにがわかったんだね」

「この運転はまやかしです！」

「少しばかり進んだだけで、走ってなんかいません。だってレ、ー、ル、の継、ぎ、目、がないんだもの！」

「なんだって」

「あ……」

さすがに明石さんはすぐに理解しました。レール一本の長さは有限であり、また気温の上下で伸縮するのを調節するため、遊び区間のある継ぎ目で繋ぐ必要があります。列車に乗って感じるタタタン、タタタンという独特のリズム。それがこの車両の進行には皆無だったのです。

「そうか、やられた！」

悔しそうに叫んだとき、運転台のランプが青から黄に変わりました。それといっしょに制動がかかって、ふたりの体が前にのめります。慣性が働くということは、短い区間ながら実際に移動して、その動きを光と音でおおげさに演出してみせたわけなのです。

(車両が走ったんじゃなく、信号機や側壁の明かりが後ろに高速移動したんだ)

黄色いランプが消え青色になると、バッテリーカーはさも全力疾走を終えたように、ゆるゆると停車しました——いったいここはどこなのでしょう。

駅の名は宝積寺

小林くんの目の前に新しいホームの駅名標が現れました。

「ほうしゃくじ」と記されています。漢字の駅名は「宝積寺」、東北本線と添え書きがありました。

鉄道に不案内な明石さんは初耳のようでした。

「こんな駅が、東北本線にあったかね」

「ハイ。烏山《からすやま》線との分岐駅です」

得たりと小林くんが知識を披露《ひろう》しました。

「ははあ、なるほど宝物のありそうな名前だ」

明石さんが苦笑したときは、もう列車の扉が開いていて、「どうぞ降りてください」といわんばかりです。

狭い車中で膝を抱えていても仕方ないので、明石さんと小林くんは、連れ立ってホームに降り立ちました。走ってきたレールをふり返ると、びっくりするほどの近さに、明石駅の明かりが見えます。間を隔てるトンネルは3メートルもないでしょう。

「路線はつまりこれだけか。父上も無意味なことをする」

明石さんは呆れ顔でも、鉄道好きの気持は小林くんにはわかるのです。

「無意味じゃありませんよ。先代の子爵さまは、工事の最中ワクワクしっぱなしだったでしょうね、凄いや、つまりこれは明石鉄道なんだ」

戦争に負けた今となれば、防空壕よりマシといえるでしょう。明石さんは、改めて自分が保有する鉄道全線を見直しました。

「いかにもこの規模ならうちの敷地だけで敷設できたはずだ。で、われわれはこれからどうすればいいのかな」

質問に答えるように、まず列車の明かりが消え、つづけてホームの正面側の照明が灯りました。

短い下り階段と改札口だけは、ホームの明かりでボンヤリと見えていましたが、今度はその先の広場も一度に点灯したので、ようやく明石コレクション——といっていいでしょう——の全貌を見ることができたのです。

「なるほど」

明石さんは落ち着いた声でしたが、小林くんは今にも躍り上がらんばかりです。

「宝の山だ!」

カン高い声が女の子みたいに聞こえました。

少年が夢中になったのも、無理ありません。そこに整然と並んでいるのは、すべて鉄道関係の小道具でしたから。

腕木《うでぎ》式信号機、徐行信号機、色灯式場内信号機、遠方信号機、中継信号機。

「シグナルだけでもこんなにあります！　うわあ、これは通票受とタブレットだ！」

少年の興奮をよそに、明石さんはポカンと立ちすくんでいました。

せいぜいわかるのは、広場の中央にドッカと据えつけられた機関車の台車くらい。浮かれて早足になった小林くんを追うと、門外漢の子爵にも見覚えのある代物が飾られていました。

「ほう……これは甲武《こうぶ》電車だね」

ちんまりとガラスケースに納まった、ポール式電車の二十分の一模型を懐かしそうに見つめます。

「ぼくも知ってます。中央線をはじめて走ったのが、この車両なんですね。まだ飯田町《いいだまち》から中野《なかの》までの間だった」

「ほう、よく知ってる」

ここまでは冷静に先代が残した宝を眺めていた子爵でしたが、その先に展示されていた車両に気づいたときは、思わず驚嘆の声を上げました。

広軌《こうき》のレールに据えつけられた重厚な色調の客車。横腹には麗々しくスズランを象ったマークが描かれていたのです。

「オリエント・エクスプレスだ!」

「ハイ、ヴェニス・シンプロン特急です!」

明石さんですら、名高い国際列車を目《ま》の当たりにして驚愕《きょうがく》しました。現代の美を象徴するこの車両を、先代子爵は一両まるまる運び込んだとは。これなら、たとえ二十面相だって、感嘆の色を浮かべるでしょう。ロンドンからドーヴァー海峡を介して、ブローニュ・パリ・チューリッヒ・ヴェニスに至る観光特急は、世界でいちばん有名な列車なのですから。

ここは地上から切り離された別世界ですが、換気に配慮が行き届いていると見え、黴臭《かびくさ》さなぞ微塵もなく、見事にろうたけた佇まいを保っているのでした。

「ウーム」

窓から中を覗き込んだ明石さんが唸ります。親切にも客車に沿って、内部が見られるよう細いステップが用意してありました。

「まさしく本物だ……見たまえ、小林くん。壁を飾ったガラス細工はルネ・ラリックだぞ。ワゴン・リ社のマークもそのままだ」

あいにくラリックを知らない小林くんでしたが、明石さんに負けじと、貪《むさぼ》るような目つきで覗き込みます。

主役然として車内に鎮座しているダブルベッド。幅は2メートルもあるでしょう。だが、さすがに小林くんは見るべきものを見ていました。

「明石さん、あの枕」

「なに？」

少年に注意されて、子爵もすぐ気がついたようです。

ベッドのサイズに合わせたたっぷりした羽根枕が、主《あるじ》の入来《じゅらい》を待ちわびていました。だが小林くんが指したのは、枕ではなく下からハミ出した包みです。袱紗《ふくさ》でしょうか、ベッドのクリーム色の中に、一点朱をさしたような濃い紅色。

明石さんが首肯《しゅこう》しました。

「北斎かもな」

「大切な絵にしては雑な扱いだけど」

「いや、ここ自体が秘密の宝物殿《ほうもつでん》だ。改めて隠す必要はないだろう。本来の呼び名が枕絵だからね。あるべき場所にあったということだな」

左右を見渡した明石さんは、通路を小走りに駆けて車端へ行きました。小林くんが呆気にとられる身のこなしです。車内への通路は連結器のある妻側《つまがわ》と推察したのでしょう。なるほどそこは幌と扉だけで施錠もなく、明石さんにつづいて小林くんも容易に寝台車へ足を踏み入れることができました。

迎えたのは車内に浮遊する微細な埃《ほこり》でしたが、長い間人が入らなかったのだから当然です。ツカツカとベッドに近づいた明石さんは、袱紗の包みを引き出しました。

「ごらん、帙《ちつ》だ」

チツ？　キョトンとする少年も、画用紙ほどの大きさの包みが拡げられて、すぐにわかりました。

丈夫な厚紙を加工してできた帙は、紙挟みに似た和紙保存用の文具です。厚紙といってもしゃれた文様の布で表装され、手にするとぼってりした重みを感じました。

「この文様は、丁子ですね？」

「そう。……押小路家の家紋だ。ということは」

明石さんの手が閃いて、帙の間から和紙に挟まれた絵がスルリと現れました。

「木版じゃない、肉筆画だ、まさに北斎の！」

いつもの沈着な声が裏返っていました。それほどこの宝の価値は、飛び切りであったに決まっています。

「ごらん、小林くん！」

グイと目の前に〝宝〟を突き出されたときは、さすがの少年探偵もたじたじとなりました。

狙われる稀代の珍宝

ハアッと大きく呼吸した小林くんは、それっきり息を止めたみたいで、赤い顔を隠そうともせず北斎の肉筆を見つめています。

高島田《たかしまだ》に結った娘の髪がホンの少し崩れかかった艶《なまめ》かしさに、唾を呑みました。脱げかけた矢飛白《やがすり》の着物の襟の間からプックリ覗いた胸のういういしさに、息をするのも忘れました。肌の白と絣《かすり》の紫の鮮やかな対比が、小林くんの頭の中で煮えたぎっているのです。

まだ十代の若々しい娘がしがみついているのは、匂うような前髪立てのお小姓《こしょう》で、稚児《ちご》の色香を漂わせる美少年でした。畳には彼が脱ぎ捨てた精好織《せいごうおり》の袴《はかま》が、生き物のように波打っておりました。

季節は夏なのです、軒端《のきば》に涼しげな簾《すだれ》とギヤマン細工の風鈴が吊るされ、蚊遣《かやり》の煙がふたつの体にまとわりついていました。

顔はよく見えません。目を瞑り口吸いを交わす最中だったのです。それよりなにより小林くんを喘《あえ》がせたのは、美少年のそれが美少女のそこに突き立っている描写でありましょう。

「……ハアッ」

溜めていた息を一度に吐き出して、少年はやっと我に返りました。

目を上げるとすぐ近くに、明石さんの顔があります。ちょっと恥ずかしくはあったけれど救われた気分になれたのは、明石さんも真剣な顔つきで北斎を愛でていたことです。やがて子爵は静かにいいました。

「もと通りしまっておこう」

「はい」

小林くんはうなずきました。どんな思いに浸《ひた》されたか、お互いに語る言葉の持ち合わせがなかったのです。

……宝の山を出るのは、さっきと逆の手順でした。宝積寺の駅ホームにもどり、待っていてくれた電車に乗り、電源を入れて明石駅ホームに引き返せば、それでおしまいです。たったそれだけの往復なのに、なぜか少年は大旅行を終えた気分になっていました。

暗い地下の階段を上がってゆくと、あたりがぼんやり明るくなってゆきます。ほの見える宵空に雲が流れ、小太りの月が照り映えていました。

足元に注意しながら、水のない心字池の縁まで上がると、格納されていた底板が滑り出て、赤いボタンといっしょに穴は塞がります。

つづいて水の音がはじまりました。

「水が溜まるんですね」

「よくできている」

しばらくすればまたもと通りの池になるのでしょう。ただ小林くんには、ひとつ気になることが残っていました。

「ぼくたちが下りている間、外へ明かりが漏れていたんじゃありませんか」

「そうだろうね。明石駅ホームと池の間に扉があった。列車に乗る前に、あの扉を閉めるべきだったかも知れない」

いいながら明石さんは、目を上げました。

もちろん視線の先には、四谷家寄贈の火の見櫓が建っています。

「あの櫓に見張りがいたかも知れません」

「いた――としたら、どうなると思う」

ニコニコ顔の明石さんが尋ねます。

小林くんは躊躇《ちゅうちょ》なく答えました。

「明日にでも押しかけてきそうです」

「押しかけるといっても、相手は四谷剛太郎だよ。交番の目と鼻の先で、まさか強盗事件を起こすとは考えられないが……」

さて、きみならどうするかな？

まるでそういいたそうな明石さんです。ちょっと意地悪そうな笑顔を作りました。すると少年もそっくりの笑顔でいい返しました。

「明石さん、なにか考えているんじゃないですか」

「ほほう、なぜそう思ったんだね」

月の光を浴びながら、お互いにひと癖ある笑顔の応酬です。

明石さんにしても、小林くんにしても、いったいどういうつもりなのでしょう。

・

明智先生いつ帰る

夜は更けても、龍土町の明智邸は電灯が点いたままでした。正直なことをいえば、小林くんの目はすっかり冴えているのです。イイエ、北斎のせいではありません。もっと身近な問題が突きつけられて、この有能な探偵助手を悩ませているのでした。

すぐ横に布団は敷いてありましたが、寝そべったもののすぐ起き上がって、少年は壁の写真を見上げていました。もうずっと長い間――。

いつもの明智探偵と小林くんの仲むつまじい姿が、額縁に飾られています。さっきから写真を仰いで、ブツブツと独り言を繰り返している少年であったのです。

「いいんでしょうか、明智先生」

問いかけても、写真はむろん答えてくれません。

「ぼく、迷っています……考えれば考えるほど、わからなくなりました。自分でもイヤになるくらい」

そのあたりに転がっていたモノで、こつんと頭を叩きました。

それはしなびた干し大根で、小林くんが気づいて苦笑いします。「おばさんに御礼をいうの、忘れていた」

矢島夫人が持参したのでしょう、少年が家に帰ると門柱の陰に新聞紙にくるんだ大根が置かれていたのです。万一のときのため玄関の鍵は預けてありましたが、義理固いおばさんは、滅多なことでは留守の明智家に入りません。

窓越しにお隣を覗くと、明かりがついていて、雑音の多いラジオ放送が聞こえます。おばさんはまだ起きているようでした。

少年が歯のチビた下駄を突っかけたとき、玄関のガラス戸に人影がさしました。「芳雄ちゃん、帰ったの?」遠慮がちなおばさんの声です。

「あ、はあい」

急いで戸を開けました。頭の上に白髪を団子みたいに引っ詰めて、ちんまりしたおばあさん……イエ、そう呼んで睨まれたことがあるので、小林くんはずっと「おばさん」と呼ぶことにしています。

「すみません、ちょうどお訪ねするつもりでした。大根を……」

御礼をいう間もなく、

「ハイ、これね」

矢島夫人が一枚の紙を突き出しました。

「ごめんね、帰ったのに気がつかなくて、遅くなったわ」

「それは構わないけど……電報ですか」

「代わりに受け取っておいたの。軽井沢からよ、ほんの二時間くらい前」

「明智先生の奥さんからだ!」

思いがけない連絡でした。

文代さんが入所している療養所は戦災を受けずにすみましたが、設備が古いのであちこち傷んできて、大規模な改修をはじめていました。電話も回線を増やして、居室から外部とじかに連絡をつけられる設計です。その代わり八月いっぱい、療養所の電話が使えなくなっています。

それで文代さんは、電報でなにかを知らせようとしたのです。

反射的に少年の胸は高鳴りました。

明智夫人が一刻も早く小林くんに知らせたかったこと。それはもう決まっているではありませんか。

(先生の消息がわかったんだ！)

少年の様子を満足げに見て矢島夫人は帰ってゆきました。「ありがとうございました！」おばさんの後ろ姿に最敬礼した小林くんは、敷布団の上に正座しました。

まさか悪い知らせじゃないだろうな。

そんなことを考えたので、電報を拡げる手が震えてしまいました。

息を詰めて、電文を読みました。

『アケチハブ　ジ　』

『パ　リカラキコクスルソウデ　ス』

『ヨカッタネ』

よかったね！

最後につけ加えられたひと言が、まるで文代さんに声をかけられたように、鮮やかな響きを伴って、少年の胸を温めてくれました。

そう、よかった！

やはり生きていらした！

ナチスドイツは負けたけど、明智先生はお元気で、ちゃんと日本に帰っていらっしゃるんだ……！

「わあい！」

大声を上げた小林くんは、布団の上で二度三度とでんぐり返りました。写真の先生が上下逆さまとなり、それでもニコニコと笑っておいでです。

「先生、ぼく、待ってます！」

つづけざまに声を上げると、電灯の笠がビリビリ震えるみたいでした。小林くんは、何度も何度も電報を読み返しました。

「よかったね……本当によかった……！」

なんだか涙が出そうです。

今夜の小林少年は、日本一の上機嫌でした。でんぐり返ったはずみに、ひとさし指をすりむいたばかりですが、そんなものどうだっていいんです。だから二十面相に提案されたことだって！

「いいよ、二十面相！」

自然にそんな声が出てしまいました。

「明智先生がお帰りになるまでの間だけど、協力してやるから」

(先生がお帰りになるまで——アレ？)

布団の上で半回転した小林くんは、ピョコンとあぐらをかきました。

『パ　リカラキコクスル』

電報にはそう印字してありました。明智先生がおいでなのはベルリンではなく、パリなのか。なぜ先生はフランスに行ってらしたんだろう？

少しだけ考えましたが、でもいいや。先生がお帰りになった後で、ゆっくりお聞きすればいいんだ。

……明石邸の地下探検で、小林くんも疲れていたに違いありません。

朝になって目が覚めると、枕だけ抱えて布団からはみ出して寝ていました。見上げると電灯が点いたままです。

ワァ、もったいない！

先生も文代さんも留守の龍土町の家は、主婦兼用の小林くんが家計簿の係ですから、あわてて飛び起きてスイッチをひねりました。

窓に四角く切り取られた空に、むくむくと積乱雲がそそり立っています。

「さあ、今日から頑張るぞ！　先生がお帰りになる日まで！」

しきりに張り切る小林くんでしたが、さあ少年は、いったいなにをどう頑張るつもりなのでしょうね。

佳子さんお目見えの日

生ぬるい風が、交番に入ってきます。

中川巡査は真剣な顔で、インクの染みのついた団扇《うちわ》を使っていました。額に玉の汗を浮かべて、涼しいどころか今にも嚙みつきそうな形相で、ラジオ放送を聞いているのです。内容は——いうまでもありません。マッカーサー元帥が無事に厚木飛行場に到着したという知らせでした。

つい先々週まで戦っていた敵の親玉がやってきたのです。日本は敗戦国として、占領軍の総司令官閣下をお迎えせねばなりません。警察官としてさまざまに思うところがあるのは当然だったでしょう。

一部で心配されていた暴動もなく、まるで流れ作業のようにマッカーサー元帥の一行は、お堀端のもと第一生命館《だいいちせいめいかん》――星条旗翻《ひるがえ》るビルの玄関に吸い込まれたということです。堀を挟んだ大内山《おおうちやま》の緑から灰色のコンクリート建築へ、日本国の主権は音もなく委譲されました。自分が住む国土に一大異変が起きたことも知らず、ヒリつくようにアブラゼミが絶叫をつづけています。

「ふう……」

誰にともなく吐息をついた中川さんは、生ぬるいコップの水に口をつけようとして、顔をしかめました。気になっていたラジオの雑音が一段とひどくなったからです。中川さんはビリケン頭の三球へテロダイン受信機を団扇でひっぱたきました。

「あ、いかん」

短気は起こすものじゃありませんね。雑音が消えたばかりか、ラジオそのものがウンともスンともいわなくなったのです。中川さんはヤケになって、おでこの汗をゴシゴシと拭き直しました。

そこへ穏やかな声をかけたのは、暑さにめげず麻のスーツ上下を着た明石さんでした。

「お邪魔するよ」

中川さんは急いで椅子を鳴らします。

「失礼しました！」

直立不動になると、明石さんに隠れるようにひっそり佇んでいた白い少女に気づいて、目を見張りました。

純白の日傘をクルリと回して畳んだ女の子は、下半身こそモンペでも、青空色が基調の絣のブラウスに白いレースの肩掛けをかけ、白のなめし革のバッグを提げていたのです。暑苦しい色合いの防空頭巾を見慣れたせいで、淡い水彩絵の具のようなカラーをまとった姿が、なんとも清冽《せいれつ》な佇まいでありました。

つい見とれた巡査は、三つ編みの髪を揺らして優雅にお辞儀する少女に、あわてて答礼しました。

「中川であります」

「春日《かすが》佳子と申します」

鈴をふるとはいいにくい低い音域でも、艶《つや》と張りのある心地よい声でした。家庭もちでオジサンぽい中川巡査ですが、少女の前では緊張しました。

「この町内を警邏《けいら》しております。どうぞよろしくお願いいたします！」

肩肘《かたひじ》張ったいいぐさがおかしいと見え、佳子さんが軽く口を押さえると、ひとさし指の小さな絆創膏《ばんそうこう》が目につきました。

「指をどうされましたか」

尋ねると、少女に代わって明石さんが答えます。

「そそっかしい子でね。姉の娘なんだが、うちの包丁で早速怪我をした。小林くんの方がずっと器用だ」

「叔父さまったら」

小さな声で抗議する姪に、中川は好意のこもった視線を注ぎました。薄化粧でもしたようにホンノリ桃色に上気した顔、ほっそりした眉毛の下の長い睫毛。つつましやかに通った鼻筋。きゅっと結ばれた唇は紅を刷《は》いたみたいです。

チリン！

ベルが鳴りました。滑らかに自転車を交番に寄せてきたのは、もうひとりの制服の巡査でした。所帯じみた中川巡査よりずっと若々しく見えます。

「管内、特に異常はありませんでした」

「ご苦労さん」

姿勢を正した中川の答礼は、さすが警察勤務二十年の貫禄というところでしょう。体を回して、明石さんたちに新来のお巡りさんを紹介しました。

「竹内《たけうち》巡査です。応援に駆けつけてくれました」

ふたりでシフトを組むのなら、交番が留守になることはありません。

明石さんもホッとした面持ちです。

「それはありがたい。小林くんが心配していたのだよ。ご承知のように明日は私が一日家を空けるからね」

「お聞きしております」

竹内巡査はにこやかでした。丸坊主の頭ながら目鼻立ちの整った好青年です。

「やれやれ、だな。実は小林くんも明日くるといってくれたのだが」

子爵はチラリと姪を見ました。

「彼を信用しないわけじゃないが、若いふたりをひとつ屋根の下に置いて、なにかあったらこの子の家に面目が立たない」

少女が抗議しました。

「そんなことをいったら、小林くんが怒るわよ」

「それもそうだな。彼がここにいたら、どんな顔をしただろうね」

明石さんがいえば、笑いを堪《こら》えた佳子さんは、唇の端から小さく赤い舌を見せました。

「彼はどこへ出かけているのでしょう。一度お目にかかっておきたいのですが」

有名な少年探偵ですから、竹内巡査も好奇心をかきたてられるようでしたが、あいにく本人は新宿の光《ひかり》マーケットに出かけたといいます。

「東京がこの有様だからね。佳子が暮らすにも、あれこれ買い揃える必要がある。それで使いに行ってもらった」

佳子さんはクスクス笑っています。

「男の子に私のかぶる帽子なんて探せるかしら」

「心配無用。探すほど品揃えができているものか」

光マーケットと名前は立派でも、伊勢丹の前にできたばかりの闇市でした。そんなバラックの集まりが、やがて敗戦国日本の象徴的存在になろうとは、明石さんにも想像がつかなかったことでしょう。

「いいわよ。おかしなものを買ってきたら、取り替えにゆかせてやるから」

そんなことをいう佳子さんです。まだ口を利く時間もなかったでしょうに、同年配の気安さでもう打ち解けていると見えます。

「そんなわけで、明日はこの子ひとりだが、よろしく頼みますよ」

「おまかせください！」

竹内巡査が頼もしげに胸を張りました。

「毎日午後一時、定時巡回に参りますので、ご安心を！」

日が大きく傾いて、涼風らしいものが立ちはじめています。明日もきっとよい天気がつづくでしょう。

少女は誰に狙われるのか

ラジオはひっきりなしに、マッカーサー元帥の今朝からの動静を伝えています。

「忙しそう」

ショールだけ外して呟いた佳子さんだって、けっこう忙しそうに見えました。明石さんは華族会の陳情に加わって夜まで帰ってきませんし、小林くんもまだしばらくは姿を見せないことになっています。

それでも自分の食事は作らなくてはなりません。お米の配給は二合一勺とギリギリの分量に制限されています。ときには一日一個だけのコッペパンであったりします。むろん豆腐も配給制ですから、幼いころ耳にした覚えのある豆腐屋さんのラッパなんて、音色さえ記憶から抜け落ちていました。

おまけに八月十五日から二日にわたり遅配したりで、育ち盛りの少年少女にとって、空腹感は日がな一日続いていました。

米は無理でも粟《あわ》のような雑穀は、明石さんが伝《つて》を頼って買い込んでいたので、おなかが背中にくっつくほどのひもじさにはならないけど、よく注意して口に入れなくては小石がまじっているので閉口です。

洗濯は午前中にすませていたので、佳子さんは台所に隣り合った板の間へ一升瓶を持ち出しました。南向きの掃きだし窓をいっぱいに開けると、あるかなしかの風が通り抜けます。

差し込んでくる日ざしは、テーブルにかけていた白い布と、応接室の仕切りにあった木製の暖簾《のれん》——ああ、もう英語を使っても叱《しか》られないんだ——ウッドカーテンをブラ下げて遮ります。チグハグな取り合わせですが仕方ありません。もともとあったカーテンは、細かく切って布巾にしたと、明石の叔父さんがいっていました。

「さあ、はじめるぞ」

独り言をいいながら十二畳の板の間にあぐらをかいた佳子さんは、ふと左右を見回して顔を赤らめました。

「ヤだ、私ったら」

ブツブツいいながら正座し直します。膝の間に瓶を挟んで、長い竹の棒を瓶の口から差し入れます。ハタキの柄を切ってつくった棒を杵《きね》の代わりに使うのです。

瓶には薄黒い玄米がホンの少々入っていました。そこへ棒を突っ込んで、ザク、ザクと突つきはじめました。

はじめて見る人には、なにをしているのかわからないでしょうが、これが昭和二十年の都会の米搗き風景でありました。

馬鹿馬鹿しいほど単純な反復作業ですが、効果はてきめん、ちゃんと七分搗きくらいに精白できるのです。

ザク、ザク。

ザク、ザク。

ザク、ザク。

単純作業でも力を抜いては効果がありません。キチンと力を込めて搗くのですから、いつしか佳子さんの額にはうっすらと汗が浮かんでいました。

「ふうっ……」

手の甲で汗を拭いてから、邪魔になったひとさし指の絆創膏を剝がして――突然その姿のまま固まりました。

なぜといって、掃きだし窓の向こうに広がる明石家の庭に、ひとりの男が立っていたからです。

いつの間にそんな男が入ってきたのでしょう。尋常な国民服姿でしたが、顔にかぶっているのは金太郎《きんたろう》のお面でした。キンタロウ、ええ、そうです。お節句に飾られる赤い顔の童子、成人して源《みなもとの》頼光《よりみつ》の四天王のひとり坂田金時《さかたのきんとき》になる少年ですね。

そんな面をかぶっているので、年はいくつなのか見当がつきませんが、つかつかと掃きだし窓に近づいた金太郎の声は、間違いなく大人の男のものでした。

「お邪魔するよ」

「……」

佳子さんは、驚きのあまり声も出ません。

南向きの窓はいっぱいに開いています。不用心といえばそれまででしたが、表通りから庭へ入るには鍵のかかったしおり戸を抜けねばなりません。午前中に玄関回りを掃除したとき、きちんと鍵の具合を確かめたつもりだったのに。

「あの……」

やっと佳子さんは声を出しました。

「どなたでしょうか」

「あはは」

金太郎が笑いました。

「愚問だね。泥棒に名を聞かれても挨拶に困るじゃないか」

ヒクッと佳子さんの喉が鳴りました。

「あの……では……泥棒さんなんですか」

「躾《しつけ》のいいことは認めよう。泥棒に敬称をつけるとはね」

ゆっくりと取り出したのは、小さいけれど見るからに凶悪な面構えのピストルでした。銃口をぴたりと佳子さんに向けながら、金太郎がつづけました。

「せっかくの質問だから答えるが、世間は私のことを二十面相と呼ぶようだ」

「えーっ」

佳子さんの狼狽は大変なものでした。挟んでいた一升瓶が膝の間を抜け出して、ゴロゴロと転がったほどですから。

明石家を見舞った嵐

「そこまで驚くことはないだろう、お嬢さん」

〝二十面相〟が近づいてきました。その間も油断なくピストルを構えています。ドイツの名銃ワルサーP－38というのが正式の名の自動拳銃です。テーブルクロスとウッドカーテン越しの金太郎という構図が、不気味でもあり珍妙でもありました。

佳子さんの目が、壁にかかった丸時計を捉えます。短針は1、長針は12を指そうとする直前でした。

震える声で少女はいうのです。

「二十面相は、人を殺さないのでしょう?」

「もちろんだよ」

金太郎のお面は平然としていい返しました。

「人を殺さない。怪我をさせることはあってもね」

「そのピストル、玩具《おもちゃ》じゃないんですか」

「本物だよ、この通り」

鋭い銃声が走ったと思うと、板の間に転がっていた一升瓶が粉々になったではありませんか。佳子さんは真っ青になって叫びました。

「勿体《もったい》ない！　お米とガラスがまざってしまったわ！」

「命があるから米を食べることができるんだ。順序を間違えないようにな」

拳銃を手にした〝二十面相〟は、開けっ放しの掃きだし窓から板の間に上がり込んできました。もちろん靴を履いたままですが、さすがに佳子さんも注意する元気がありません。

でも彼女にはひとつだけ望みが残っていたのです。

チーン。丸時計が一時の鐘を鳴らしたとたん、玄関から声が上がりました。

「ごめんください」

びっくりするほど正確な竹内巡査の行動です。

昨日聞いたばかりの青年の声が朗々と響きました。〝二十面相〟がびくりとして銃口をそらしたのも、無理ないでしょう。

同時に佳子さんが動きました――「エイ！」

杵代わりの棒を〝二十面相〟の横顔に叩きつけ、少女は絶叫したのです。

「助けてぇ！」

叫ぶと同時に板の間へ体を転がして、テーブルの下に隠れました。テーブルだけでなく椅子の脚も盾になると、とっさに考えたのでしょう。

「こいつ！」

〝二十面相〟の手の銃口が迷いました。まばたきするほど短い間でも、竹内巡査が玄関から躍り込むのに十分な時間です。

拳銃はなくてもサーベルを携行していました。スラリと抜きはなたれた竹内巡査の剣先は――なぜかテーブルの陰の佳子さんに突きつけられたのです。決して〝二十面相〟に向かって、ではありません。

「エッ……」

佳子さんは茫然としました。いったいなにが起きたというのでしょう。

竹内さんがニタニタと笑っています。彼の精悍な顔立ちが、見る見る不気味な表情に変わっています。

「お嬢さん。俺を本物の警官と思っていたのかい」

すると〝二十面相〟も勝ち誇ったようにいうのです。

「あいにくだったね、春日佳子さん。この男は私の仲間だったのさ。さあ、納得したら隠れんぼうはおしまいだ。出ておいで……出てこい！」

荒々しく声を上げると、

「聞こえたかい、お嬢さん」贋巡査は〝二十面相〟と違って声を大きくしませんが、切れ味鋭いナイフのようで、佳子さんの肩を震わせました。

竹内さん――イヤ、贋者の警官とわかったのだからもう呼び捨てでいいでしょう。どうせ本名でもないのだから。スゴスゴと出てきた佳子さんを、竹内は力まかせに押さえつけました。

板の間に両膝を突かせて、命じます。

「口を開けろ」

「？」

まだ捕まった実感がないのかポカンとしていると、

「開けろ！」

竹内の指がペンチみたいに佳子さんの顔を挟み、こじ開けた口へ押し込んだのはハンカチです。反射的に吐き出そうとした佳子さんの頰に、手拭いが巻きつけられました。これでもうハンカチを吐くことはできません。

息苦しさに涙を流す佳子さんの膨らんだ胸がわし摑みにされ、「ヒッ」と喉の奥から呻《うめ》き声が上がると、竹内は満足そうでした。

「声は出せないな。両手を後ろに回せ」

手首を摑まれた佳子さんは懸命に暴れましたが、細引《ほそびき》の端を銜《くわ》えた竹内が、本物の巡査以上に慣れた手つきで少女の両手首を重ねようとした、そのときです。

金太郎が面の下から緊張した声で告げました。「誰かきた！」

竹内が警戒する暇もありません。

ガラガラと玄関の格子戸が音を立て、この場に似合わぬひどく朗らかな声が板の間まで届いたのです。

「明石さん、おいでかね？」

悪党ふたりが顔を見合わせました。

舌を鳴らしたのは竹内です。佳子さんの悲鳴で飛び込んだ彼は、玄関を施錠する暇がなかったと見えます。

それにしてもこの緊急事態の真っ只中へ、「ごめん。警視庁の中村ですがね」

ご存じの捜査係長がやってきたなんて。

うちひしがれていた佳子さんもハッと顔を上げましたが、それでも悪党どもは落ち着いていました。

竹内の指が動いて佳子さんの猿ぐつわをほどき、少女になにか囁いたのです。

してやられたふたり

「明石さん……お留守ですかね」

繰り返し呼ばわった中村警部は、ちょっと首をひねりました。

「エート。姪御さんの名前は、と」

パラパラと手帳をめくってから、声をかけ直しました。

「春日佳子さんはおいでですかな」

「はい、警部さん！」

あたふたと奥から出てきたのは、当の佳子さんです。頰のあたりにほつれた髪の毛がかかっているし、よく観察すれば白い頰にはうっすら赤い筋が残っています。いうまでもなく猿ぐつわを嚙まされた痕なのですが、残念なことに中村さんはまるで気がつかないようでした。

「叔父は出かけておりますが」

「ああ、いや、用件があるのはあなたにです。ちょっと失礼しますぞ」

上がり框にお尻を落とした警部は、内ポケットから一通の封書を取り出して、その場に拡げました。

「あなたは当分、この家に寄宿されるんでしたね」

「さようですが」

「ついては手続き上、この書類に署名していただきたいのだが」

「あ、はい。サインですね」

「そう、サインだった」

中村さんは苦笑いを浮かべました。つい十六日前まで、使えなかった英語ですから。

「転入の手続きはもうすませましたけど」

佳子さんがそわそわと落ち着かないのは当然として、警部の鈍《どん》なことといったら腹が立つほどです。

「ああ、それは配給の関係でしょう。こちらは所帯の確認に必要でして」

そんなことをいいながら、あたりを見回しました。

「ハンコは奥ですかな」

警部が口にしたとたん、佳子さんの背後でなにやら気配が動きました。「奥」という言葉に応じて、抜き身のような殺気が廊下の暗がりに漲《みなぎ》ったのです。

佳子さんはすぐに答えました。

「認印《みとめいん》でよければ、この小箱に」

片隅に置かれた輪島塗《わじま》の小箱に手をかけました。印章や筆や硯《すずり》、一筆箋などがキチンと整理されています。

「それで結構。では自筆で、ここにお名前と住所を書いてください」

「ハイ」

警部はのんびりした表情で、書類に向かう佳子さんの手元を見つめています。

「これでよろしゅうございますか」

「失礼」

書類を受け取った中村さんは斜めに見て、「ホホウ」と鼻を鳴らしました。

「いや、結構です。……よく書けている」

たかが住所氏名を書かせただけなのに大仰《おおぎょう》に褒めた警部は、丁重な礼を残して背中を見せました。

繊細な細工の格子戸が閉まると、とたんに三和土《たたき》へ飛び下りたのは金太郎面です。いったん戸の隙間から外を見て、慎重に施錠しました。これでもう来客があっても知らぬ顔ができるわけです。

うなずいた彼がふり向いたときには、佳子さんはなんの抵抗もできないまま、竹内に厳しく縛り上げられていました。もう一度猿ぐつわを噛まされると、小突かれながら板の間に追い立てられて行きます。

「……フウ」

吐息を漏らした〃二十面相〃も、その後ろから板の間にもどりました。日本風に呼べば板の間でしかありませんが、明石家ではここを洋風の接客室として使っているのでしょう。

「危ないところだった」

〃二十面相〃はけっこう肝を冷やした様子です。面の下から落ちる汗を拭いて、ドスンと飾り棚に凭《もた》れました。

広い板の間を支配する堂々とした黒檀《こくたん》製で、幅は3メートル、高さも人間の肩の高さほどある作りつけの家具なのです。ガラス戸を嵌めた中央には水墨画の見事な大皿が飾られていました。背後は鏡ですから、同時に皿の表裏を鑑賞することができ、いわばこの接客室の主役となる美術品でした。天板にはこの場に不似合いなほどとぼけた達磨《だるま》さんが坐っているだけで、40センチほどの高さがあるでしょうか。

はじめの内こそ〃二十面相〃に余裕が感じられましたが、今は竹内の方が活気溢れるように見えてきました。

現に指図するのは贋巡査です。

「時間がないんだ、急ごう」

「ああ……わかっている」

ドッコイショと体を起こします。大儀そうで、竹内よりずっと年上かも知れません。

「宝の入り口はどこだね」

緩慢に聞こえる彼の質問に、竹内がキビキビと答えを返します。

「東側の煉瓦塀だ」

庭へ下りるのは簡単で、悪者たちははじめから土足でした。

「……俺が見たのはカラっぽの心字池だ。明かりが漏れていたんで、見当がついた」

この場に小林くんがいたら、やはりそうかと手を打ったことでしょう。地下から帰還したふたりは、火の見櫓を見上げて言葉を交わしましたっけね。

「あの櫓に見張りがいたかも知れません」

「いた――としたら、どうなると思う」

「明日にでも押しかけてきそうです」

「押しかけるといっても、相手は四谷剛太郎だよ。交番の目と鼻の先で、まさか強盗事件を起こすとは考えられないが……」

そのときのふたりの様子を、読者は記憶していますか。

きみならどうする?

小首を傾げた明石さんが、ちょっと意地悪そうな笑顔を作ったとき、少年もそっくりな笑顔になっていい返したはずです。

「明石さん、なにか考えているんじゃないですか」

「ほほう、なぜそう思ったんだね」

この場面を読んだあなたは、ではなにを考えたのでしょうね。

板の間のお留守番

「……残念だが、どうやって池の水を抜いたのか、そいつはわからなかった。だが間違いないのは、よつや……」

いいかけた竹内は、口を閉ざしました。

開けっ放しのガラス戸から、板の間がよく見えます。

口と手足の自由を奪われた佳子さんが、ぐったりと全身を投げ出していました。足首を揃えて縛った縄の先端が、重い長椅子の脚にくくりつけられていますから、逃げることなぞできません。

贋巡査の言葉へかぶせるように、金太郎が念を押します。

「大事な宝がその下にある、ということだな」

「そうだ。……日本でより海外での方が評価の高いウキヨエだぞ」

日はまだ高いとはいえ、やや長くなった塀の影が明石家の花壇にくっきりと落ちて、カナカナカナというセミの声が青い空を渡ってゆくのでした。

「取引の初日に、これ以上ミソをつけては大ごとだ」

金太郎の神経質な口調を、竹内は笑い飛ばしました。

「ご主人さまの名誉が傷つく。いや、その前にあんたがクビになる。そうだろう」

「フ……まあ、そんなところだ」

〝二十面相〟が空を仰いだので、日に映えた赤い面がテラテラ光りました。その横顔をにやりと見た竹内は、余裕の口ぶりです。

「すまして見せてるが、実は喉から手が出るほどほしいわりだろ、北斎が」

その名をはじめて口にしたときの彼の目は、油断なく佳子さんに注がれていました。明石氏本人が北斎のありかを知ったのは二日前の夜ですが、その事情を姪に話したかどうかと探りを入れているのでしょう。

「ありかを知っているかな、あの娘」

おなじことを考えたと見え〝二十面相〟もいいましたが、竹内は首をふりました。

「聞くまでもないさ」

「そうかね。時間の節約になるだろう」

「イヤ、かえって手間だ。俺たちだけで見つけられる。あのふたりが池に消えていたのは、一時間足らずだ。その程度で目当ての品は見つかるんだ」

「そうか。娘を脅《おど》すより早いかもな」

金太郎の面がうなずきます。ふだんなら滑稽《こっけい》に見えるはずの童子の面が、妙に毒々しく光りました。

「行くぞ」

「ああ」

どうやら宝探しの先達役も、竹内のようです。

それからしばらく、時間がたちました。

池の水を抜く仕掛けに迷ったのか、〝明石〟と〝赤い石〟の駄洒落に気づかなかったのか。

それでも、やがて水音がはじまりました。

縛られたまま全身を固くしていた佳子さんが、ようやくこのときになって、両足を動かしました。

するとその動きが合図になったように、カタカタ、カタカタと飾り棚から音が鳴りはじめたのです。いったいなにが動いているのでしょう。

それは天板に坐り込んだ達磨さんでした。

信じられないことですが、人形の中に誰かがいるのです。高さ40センチの達磨の中に入ることができるのは、せいぜいネズミくらいなものなのに。それとも戦前からの武家屋敷である明石家には、ヘビでも住み着いていたのでしょうか。

佳子さんはパッチリ両目を開けていました。気絶から目覚めたばかりにしては、薄い笑みまで漂わせて、達磨さんを見つめているのです。

やおら彼女はゆっくりしたテンポで、まばたきをはじめました。最初は短い間合いでパチパチと開閉した瞼《まぶた》を、次は静かに閉ざしました。と思うとすぐまばたきが再開されます。

どうもただの目の動きとは思えません。

もしあなたがモールス信号をご存じなら、長短とりまぜたまばたきから、なにかの意味を汲み取ることができたはずなのですが。

……しばらくの後。

悪党どもの声が聞こえてきました。池をくぐって、宝の山の探検をすませてきたのでしょう。

　もっとも、先代の明石子爵にとっては宝の鉄道記念物でも、〝二十面相〟たちにはガラクタの山としか見えなかった様子です。

「馬鹿馬鹿しい」

　というのが、はじめに届いた金太郎面の感想でした。

「あんなことで、先祖代々の遺産を食い潰したのか」

「まあ、そういいなさんな」

　竹内の声もすっかりくだけたものに代わっていましたが、

「お？」

　庭から板の間へ一歩上がろうとしたとたん、声に緊張の色が加わりました。

「気をつけろ」

「なにに気をつけるんだ」

　沓脱ぎ石に並んだ金太郎こと〝二十面相〟は、不思議そうです。

　もうそのときは佳子さんは目を瞑っていましたし、達磨さんもただの人形でしかありません。

　それでも贋巡査は、なにやら不穏な空気を嗅ぎ取ったように見えました。

「わからねえ……だが気に入らん」

彼は唸りました。

その顔を不安げに金太郎が覗き込みます。どうやら贋巡査の方が〝二十面相〟より悪事慣れしているみたいでした。

異常は見当たらなかったようで、竹内は顎をしゃくりました。

「おい、それよかそのお宝だ」

「ああ……」

金太郎が小わきに抱えていた、袱紗の包みをそうっと板の間に置きます。壊れものを扱うような手つきは当然でしょう。天下に名だたる葛飾北斎の作品なのですから。

「明るい場所で拝み直すと、いったじゃないか」

「わかってるよ」

おそるおそる金太郎の手が動きました。

まず袱紗を拡げる。現れた柿渋色の包みを開ける。丁寧に畳紙《たとう》を開いて、その中から恭しく帙を取り出しました。

「厳重なもんだな」

傑作と対面するには少々行儀の悪い姿勢で、竹内が首をのばします。

「これだ……見ろ」

絢爛《けんらん》たる色彩が溢れて、ふたりの悪党は目を見張りました。

するとどうでしょう。

「ウ」

異様に喉を鳴らしたのは贋巡査。

「おい、こりゃあなんだ！」

「ヒエッ」

金太郎が面の下から、世にも情けない声を絞ったのも当たり前。

手足をからめて性技開帳に余念ない美少年美少女は、なんとふたり揃って黒々と八の字髭を生やしていたのです。

「こんな北斎があるかよっ」

竹内が叫びました。というより怒鳴りました。

佳子さんの使い道

しばらくの間、悪党たちはゼエゼエと、息を切らすばかりです。

やっと言葉を押し出したのは、やはり竹内贋巡査が先でした。

「畜生め、子爵の奴、やりやがった！」

「なぜ明石の仕業とわかるんだ」

「あいつと小林というガキが、池から出てきたときコソコソと囁き交わしていた……気のせいか櫓を見たようでもある。俺の監視に気がついて贋作《がんさく》を仕立てたんだ」

「その後すぐ家に入ったんだろう。こんなデタラメな絵を描いて、地下室に隠す暇などあったのか？」

「時間はあった。それに贋作といっても見ろ、雑な出来だぜ」

その雑な贋物に騙された腹立ち紛れに、竹内が吠《ほ》えました。

「子爵は粋人《すいじん》だからな。多少の絵心があってもおかしくない。こんななぐり書きなら、道具さえありゃデッチあげられる。俺も四六時中見張っていられやしない。目当ての隠し場所がわかって気を緩めた隙に、贋物を寝台車に置いてきたんだろうよ」

「それはわかった」

青い顔と書きたいのは山々ですが、むろん金太郎は赤い顔のままです。

「すると本物は」

「当然、あいつが持っている」

「家捜しするか？」

腰を浮かした金太郎を、「バカ」と竹内が罵《のの》りました。

「肌身離さず持って出たに決まってる」

「し、しかし」

〝二十面相〟の声が震えています。

「将軍に約束したのは、今夜の八時だぞ」

「わかってる」

「占領軍との最初の取引だ。失敗は許されない、これは社長の厳命なんだ」

「わかってる！」

竹内は〝二十面相〟を怒鳴りつけてしまいました。

しばらくすると気を取り直したと見え、やや落ち着いて尋ねます。

「会う場所は世田谷の給水塔だ。車で三十分見ておけばいいだろう。それで子爵がここへ帰るのは」

　くるりと体を回して、佳子さんを睨みます。

「おい、お嬢さん。目を覚ましてるのはわかってる。俺の質問に答えろ」

「……」

　動かないとはいえ気絶したわけではありません。声をかけられてすぐ目を開けました。パチリと音が聞こえそうなほど、円《つぶ》らな瞳がジッと竹内を見返します。

「ふん、睨んでやがる。いい度胸だ。あんたの叔父上は、何時に帰る予定だ」

「……」

　もぞもぞと口を縛った手拭いが動きますが、むろん声は聞こえません。竹内が苦笑しました。

「しゃべらなくてもいい。帰宅時間は留守番のあんたが聞いてるはずだ。午後七時か？　首をふって返事しろ」

「……」

「わかってるのか！」

　怒号した竹内は、猿臂《えんぴ》をのばして少女の両頬を挟みました。グウッと佳子さんの喉が鳴って、苦しそうに顔を歪めます。

「午後七時かと聞いてるんだ！」

涙を浮かべた佳子さんは、懸命にかぶりをふりました。

「じゃあ六時か！」

少女はがくがくとうなずきました。満足そうに見た竹内は、念を押しました。

「華族さまは時間を正確に守るタチかい」

また二度三度と縦に首をふります。

「それならよし」

壁の時計と自分の腕時計を見比べてから、

「書き置きを残そう……あんた書け」

偉そうに、金太郎にいいつけました。

「なにを書くんだ」

「姪が大切なら、今すぐ飛んでこい。もちろん北斎を持ってくるように書いてな。……七時までにこなければ、姪の右目が潰れる」

「ヒ」

というような声が、猿ぐつわの下から漏れました。恐怖の色に塗り潰された佳子さんを、竹内がニヤリと見下ろします。

「七時半になったら、左目もなくなる」

「お、おい」

金太郎が見かねたようにいうと、竹内はさらにつけ加えました。

「警察に知らせれば、あんたの姪は命もなくなる……そう書いてくれ、給水塔が行方だってこともな。それがすんだら、さっさと行こうぜ相棒」

田畑に囲まれた世田谷の小高い丘に、双子みたいにニョッキリ聳えた二基の給水塔は戦前からの名物でした。それぞれ円筒形で高さは五階建てビルはどもあり、渋谷の東横百貨店屋上からもよく見えました。

空襲の目標に絶好だったはずなのに、なぜかB29に無視されたまま、戦時中の迷彩色に覆われて仲よく肩を並べていたのです。

多摩川から汲み上げた水を渋谷一帯に送り込むのが塔の役目でしたから、爆撃を受ければ都民は大変な被害を受けたことでしょう。

「よくまあ無事だったものだ」金太郎面がいえば、

「当然だろう」贋巡査は笑いました。

「あの塔を破壊しては、占領後の自分たちが迷惑する。そう思ってわざと標的から外していたんだ。勝った後まで考えて空襲したのさ。敵さんは余裕しゃくしゃくだよ」

「向こうは横綱相撲《ずもう》だったわけか。標語にあったな。『頑張れ、敵も必死だ』……必死だったのは日本だけということかい」

走らせていたペンを止めて溜息をつく金太郎に、竹内がせせら笑いました。

「当然だろ。負け戦《いくさ》とわかったとたん敵に尻尾《しっぽ》をふる。そんな連中が仕切っていた大日本帝国じゃあな」

「おい、あんた……」

〝二十面相〟の口調がとがりましたが、相手は歯牙《しが》にもかけません。

「そんな金持ちとツルんでいる俺に、いう資格なぞないがね。さて、書き終えたかい。その紙は子爵がもどったら、いやでも目につくよう玄関に張っておこう。電話線は俺が切っておく。叔父上にはどこへ連絡することもなく、給水塔へ駆けつけてもらおうぜ」

ひとりで取り仕切った竹内は、長椅子の脚の縄をほどきはじめました。

「お嬢さんにはすまないが、人質役でつき合ってもらうよ」

縛った縄尻を邪険に引かれて、佳子さんは危うい足どりで立ち上がります。その姿に贋巡査は苦笑しました。

「キリキリ歩め！　捕物映画ならそういうところだ」

さらわれる前後の寸劇

格子戸を開けると金太郎の面が光りました。日は大きく傾いて、廃墟じみた高級住宅街に長い影を投じています。焼け残った庭の木にしがみついたヒグラシが、頼りなげな唄を歌っておりました。

金太郎がハンドルを取ったT型フォードが、不機嫌にタイヤを軋ませながら門からバックで入り、佳子さんたちのいる玄関へ近づきます。助けを求めるように、佳子さんは左右を見回しましたが、見えるのは縄尻を取った竹内ひとりです。

「交番に駆け込んでも無駄だぜ。中川が素知らぬ顔をするだけだ」

これには佳子さんもギョッとして、竹内を見つめました。

「はなっからあのお巡りには、俺たちの息がかかっていたんだ」

中川さんが！

さぞそういいたかったでしょう。佳子さんは布の下から呻き声を漏らしました。

「町内の交番に付け届けするのは当然の礼儀だろ。しかも四谷家ときたらその金額が法外だから、たいていのことはお目こぼししてくれる。……ホウ」

贋巡査が、まじまじと佳子さんの顔に視線を注ぎました。

「きれいな睫毛だな」

はじめて気づいたように、呟いています。

「あんた、なかなか可愛いじゃないか。こんなときでなきゃ、その猿ぐつわを外して接吻してやりたいんだが」

仰天した佳子さんはあわてて俯きましたが、それを少女の恥じらいと思ったのでしょう。しつこく目で追いかけていた竹内が、妙なことをいいだしました。

「はてな。どこかで会ったような……」

だしぬけに佳子さんが石畳に片膝を突きました。車のバンパーに足をひっかけたのかも知れません。

「まだかね」

金太郎面が運転席のドアを半開きにして立っています。

「なんだよ、俺に催促するのかよ」

「今にも手ごめにしそうな目つきだったからな」

「フン」

竹内が荒々しく唾を吐きました。

「その暇がないのは惜しかった」

佳子さんが体を縮めました。時間がたつにつれ粗野になった竹内は、巡査の制服の下から、うわべとは真逆な無法者の情欲を発散させはじめたのです。

それに比べれば、まだしも金太郎面の〝二十面相〟はまともでした。

「窓から覗かれてはまずい、後ろの床に寝かせてなにかかぶせろ」

佳子さんは運転席の背凭れの陰に横たえられ、黒い大きな風呂敷で隠されました。

排気音を高く鳴らしてフォードが出て行くと、しばらくはセミの声を伴奏に、明石邸の玄関には、張り紙が残されていただけですが、やがてその前に人影が現れました。

中折帽の似合う姿は明石さんでしたが、六時まで外出と佳子さんが請け合ったはずなのに奇妙な登場ですね。

つづいて子爵は、急ぎ足で交番に顔を見せました。

「警視庁に電話を頼むよ。思った通りうちの電話線は切られていた」

「かしこまりました！」

状況を訝《いぶか》りもせず応答した巡査がダイヤルを回す間に、明石さんはもう交番の陰に停めてあった車に乗り込んでいます。

「勝負はこれからだ」
緊張した独り言を残して、車はたちまち駆け去って行ったのです。

フォード車内の会話

給水塔に向かう悪党どもの道中は、予想以上に時間がかかりました。罹災地域を迂回したせいもありますが、進駐軍の警備が神経質なほど厳重であったためです。もっとも彼らにしてみれば、いやが上にも厳戒態勢をとるのは当然だったでしょう。日本最初の異民族による統治がはじまるのです。その総司令官ダグラス・マッカーサー元帥は、つい昨日この国に足を踏み入れたばかりでした。いきりたった日本人の群衆が、神国を守れと武器を取ったらどうなるでしょう。

宮城前の広場で、大勢の臣民が皇居に向かって土下座して「申し訳ありません」と詫《わ》びる写真が新聞に掲載されました。

でもそれを見て、日本の敗北を実感できたのは、まだ国民の一部でしかないはずです。爆撃で焦土にされた都会の住民は身をもって敗れた事実を知っていますが、地方の人々は明治

以来の必勝の信念を植えつけられているだけに、

「デマにまどわされるな！」

と、土地の有力者、たとえば在郷《ざいごう》軍人会（退役した軍人の団体）の会長や国民学校の校長が叫べば、間違いなくそちらを信じたはずです。庶民はお上の指示に従えばいい。それが連綿とつづいた日本の教育でしたから。

ところが贋巡査のような悪党は、決して有力者の言葉を信用しません。

「忠君愛国に凝り固まった奴らが決起しても、不思議はないぜ。この国がこれからどうなるか見ものだな」

ハンドルを取りながら、今にも鼻唄をはじめそうです。

「物騒なことをいうなよ」

金太郎の面を外しながら、〝二十面相〟がいいました。さすがにこんなモノをかぶっていては、厳戒態勢下にまずいと思ったのでしょう。

竹内はにやりとして、助手席をふり向きました。読者がご想像の通りに口髭の佐脇です。

その彼をからかうような口調で、竹内がいいました。

「進駐軍だって、司令官の椅子もまだ暖まっていない状況だ。不案内な日本で、たとえ女子供の竹槍でも、数を揃えて襲ってこられたらどうする。なにしろ神風攻撃を目の当たりにしてるんだ。内心ビクビクものじゃないかな。ほれ、そこに並んだお巡りが一斉にサーベルを引っこ抜いてよ、『鬼畜米英！』なんて叫んで突撃してきたら大変だぜ。あんただって怖いだろう。この中に二週間前まで軍需生産で大儲けして、負けたとたんにアメ公にすり寄る、四谷重工の秘書さまがいると奴らが知ったら……」

贋巡査が軽い口調で本当のことをいうのです。

「馬鹿、なにをいいだす、伊崎！」

佐脇の方もあっさり竹内の正体をバラしました。

伊崎六造――覚えていますね、読者のみなさん。小林くんに追われた輪タクの運転手。その後は四谷家の前でチラと姿を見せたあいつです。

イヤもう、誰が本物で誰が贋者なのかわからない有様ですが、日本自体が贋の神国だったのではやむを得ないでしょう。

「バカはあんただ、佐脇の旦那。その手を引っ込めろよ。俺が運転し損ねたら、あんたも一蓮托生《いちれんたくしょう》だぜ」

「なんだと。飼い犬の癖に威張るんじゃない」

「後ろには明石子爵の姪御さんをお乗せしてるんだよ、丁寧に縛ってね。すぐそこに、人形みたいに立ってる警官に気づかれてみな、天下の四谷が誘拐犯に成り下がる」

部下の前では貫禄のシンボルだった口髭も、伊崎の前では情けなさそうにションボリして見えます。

「ぐ……」

「第一、この車は俺のものだぞ。会社さし回しじゃないんだ。四谷剛太郎の指示だって、あんたを飛び越してじかに俺が受けてるんだぜ。社長に代わって危ない橋を渡ってるから買えた車だ。毛ほどの傷でもつけたらただじゃおかねぇ！」

威張りながらも運転は慎重そのもの。愛馬家はいても愛車家はまだ珍しい日本で、この男は悪党ながら時代の先頭を切っているのです。

剣幕に恐れをなしたか佐脇は凹みました。

「わかった、いいから駒沢《こまざわ》に向かってくれ」

「いわれなくてもそうするさ」

警官が集まっていたのは、世田谷署の前でした。通りすぎた後は、どうにか空爆を免れた昔ながらの住宅と、雑草の多い畑地が代わりばんこに現れはじめました。男手を召しあげられた畑は、どこも手入れが行き届かず、作物らしいものも夏草に埋もれて萎《しお》れ切っています。

空をアメリカの戦闘機が一機、駆け去ってゆきました。驚くほどの低空飛行なので、星のマークどころかパイロットの姿までありありと見えました。

「傍若無人《ぼうじやくぶじん》だな」ボソリと佐脇が呟くと、伊崎はなにやら愉快そうにいうのです。

「秘書さん。あんた娘がいるんだろう」

「いる……女学校四年だ。じき疎開から帰ってくる」

「可愛いだろうな」

「まあな。番茶もでばなだ」

「用心した方がいいぜ。アメリカの兵隊が舌なめずりしてる」

「なんだって」

「肌の色が違う孫が生まれても、あんたは子守歌を歌えるかってことさ」

左右は狭いながらも放牧地で、雑草の丘が広がっていました。戦いが激しくなるまで、この一帯では牛が飼われていましたが、今は小屋も無人となり半ば傾いた屋根がチラリと覗かれます。

牧場の破れた木柵に、赤ん坊をおぶった女の子がしょんぼり凭れていました。可哀相なほど痩せ細って、それでも赤ちゃんがぐずるとネコジャラシの穂で頰をくすぐってやっています。

「あんな小娘でも、戦いに飽きた兵隊の目には、抱けばおつゆが出そうに見える。慰安婦をほしがるのは日本軍だけじゃないぞ」

「よしてくれ」

「へっ」伊崎は喉の奥で笑っています。

「俺が大陸で戦ったのは二年だけどな。その間にクーニャンの二十人は手ごめにできたぜ。戦争てな面白いよ、勝ってる戦争に限ればな」

そんな会話が聞こえるはずもなくフォードが走り去った後では、女の子が無心に口ずさんでいました。

「昔々のその昔　椎《しい》の木林のすぐそばに　小さなお山があったとさ　あったとさ……」

この時代には稀《まれ》な童謡『お山の杉の子』でしたが、実情はお国のための林業増産の歌なのです。国策で育てられた杉林が長い歳月を経て、やがて全国に花粉症患者を輩出する結果になろうとは、女の子が知るはずもありません。

「これこれ杉の子起きなさい　お日さまにこにこ声かけた　声かけた……」

双子の給水塔を仰いで

伊崎の愛車の行く手には、夕焼け空が広がっています。ささやかな川に挟まれた丘に聳える二基の塔。まるで王と王妃が手を取り合っている姿に見えました。

丘の高さは46メートルあります。そこに佇む二基の給水塔は、高さがほぼ30メートルというところでしょうか。頭上には可愛いドームの塔屋を載せていて、全体はさらに堂々として見えました。ドームを巡る頂上の擁壁にはいくつもの装飾球が立ち上がり、正しくふたり揃って王冠をいただいた風情なのです。

給水塔が完成したのは1923年といいますから、当時の人々の目を見張らせるモダンで巨大な建築物だったと思われます。

頑丈な構造の給水塔は、完成直後に起きた関東大震災に耐え、度重なる空爆も免れて、今も渋谷一円の水利を引き受ける要の王と王妃でした。

敷地は広々としています。給水塔増設の計画があったため、余裕をもって周囲の土地を買収したそうです。

塔と塔の間に架けられた鉄橋が、曲線を主にした建築に直線のアクセントを加えていました。柵に囲まれたひと組の階段ともうひとつの鉄脚が、橋を支えてヌッと立ち上がっている有様は、丘を取りまく耕地とまるで異質で、日本の農村に近代西洋文化が雪崩《なだ》れ込んだかと見えるのでした。

「大したもんだ」

伊崎もちょっと感心したようです。

フォードを給水塔の正門前に停め、緑濃い木々の枝越しにそそり立つ二基の塔を仰いでいるところでした。

「あの鉄橋にはどんな意味があるのかね」

佐脇が笑いました。

「見ての通りだ。ひとつの塔に上って下りて、またもうひとつに上るのは手間がかかる。それならいっそ橋で繋いでしまえ。そういうことらしい」

「なるほど。国民から金属製品を供出させて、やっと弾丸を造った昭和と違う。大正の時代はゆとりがあったんだ……」

開け放した車窓から夕暮れの涼風が通り抜け、濃密に繁った林からはヒグラシの声が休まず降りしきりました。

正門はさすがに扉が木造にされていますが、今は八文字に大きく開かれて歓迎のポーズをとっていました。

「奥まで入ってくれ」

佐脇が顎をしゃくりました。

「車の番号は伝えてある。そこらに見える人間たちは、うちの私兵みたいなもんだ。大事な取引場所だ、厳戒態勢をとってある」

　四谷家が集めた男たちの人影を目にして、佐脇は自信を取りもどしたと見え、気のせいか口髭がピンと跳ね上がった様子です。

「そう威張りなさんな。人集めには俺も力を貸してるんだ。頭数だけでも揃えて、四谷の威光をアメ公に見せつけたいだろ」

「そのいい方はやめなさい。ジェームス・マッケイ陸軍中将閣下だ。給水を含む糧秣《りょうまつ》関連を仕切る役目の将軍だぞ」

　佐脇は胸を張りますが、伊崎はこともなげです。

「給水設備視察と理由をつけて、早々にここへ足をお運びになるのか。賄賂の浮世絵を頂戴にね」

「さっさと入れ」

　秘書の横柄《おうへい》な口ぶりは変わりません。

「この道を直進すると水道局員の詰め所がある。子爵にはそこへこいと書いておいた。まだ到着まで時間があるから、そこで待とう」

　佳子さんと北斎を交換する、その現場ということです。

「へいへい」

面を忙しく掛け替えるような佐脇に比べ、伊崎は自分のペースを崩そうとせず、アクセルをふかして愛車を走らせます。

左右の茂みを背にした男たちは、申し合わせたような国民服姿ですが、目つきの悪さを見ればまともな社員とは思えません。

窓越しに佐脇と顔を合わせた者のなん人かが、上半身を丁重に折ります。そのひとりの姿を認めた佐脇は、伊崎に声をかけて車を停めさせ窓を下ろしました。伊崎もはじめて見る顔のようですが、相手は角張った顎と太い眉毛が特徴のたくましい男です。

「河合《かわい》」と、佐脇が呼びかけました。

「はい」

低く野太い男の声には東北訛《なま》りがまじっています。国民服がハチ切れそうな筋骨の主で、このご時世にどんな美食を口にしているのか、不思議なほどの精力を発散しているのでした。

「すべて揃ったか」

「予定の全員です」

「欠員が出たと聞いたぞ」

「ご心配なく。ついさっき、加勢がひとり増えました。腕っ節はいちばんですから、詰め所に参加させました。合わせて三人です」

河合と呼ばれた男が、にやりと口を曲げました。

「備えは万全でさあ」

「よし」

佐脇はホッとしたようです。窓ガラスを閉じると伊崎がすぐに発車させました。

車路はたちまち薄暗い緑に包まれました。日没から一足飛びに夜陰に沈んだようで、それほど深い木立がつづいているのです。

前方の茂みをくぐると、いったん視界から消えていた双子の塔が、思いがけぬほどの近さで左の高台にニョッキリ聳え立ちました。

それにつづいて正面には、安普請《やすぶしん》の小屋が現れます。これが職員たちの詰め所なのでしょう。河合の話によれば、四谷の配下が三人は顔を揃えているはずなのに、小屋の扉はまったく開く様子がありません。

「たるんでいるな」

佐脇が舌打ちしました。

「どやしつけてやる」

ブレーキがかかり腰を浮かせたとき、気配を感じた助手席の秘書がふり返りました。同時に伊崎もバックミラーで視認しました。

なんと、ふたりの背後には佳子さんが起き上がっているのです。

いつの間に縄を解いたのか、猿ぐつわまで外していた少女は、あろうことか、ニンマリ笑っているではありませんか。

ふり向こうとした伊崎の鼻柱に、手拭いが叩きつけられました。そんなものに威力があるわけはないのに、

「ぐわっ」

顔を押さえた伊崎の指の間から、つーっと血が滴るとは。

手拭いが生んだ意外な結果に、助手席の佐脇も呆気にとられます。

血のついた手拭いから転げ落ちたボルト。それは板の間のテーブルに使われていた金具ですが、少女はいつそんなものを口に含んでいたのでしょう。

「不味かった」

佳子さんが行儀悪く唾を吐いたとき、佐脇が悲鳴を上げました。前頭部を思いっ切りフロントガラスにぶつけたのです。ブレーキを忘れられたフォードは、真正面から小屋に突っ込んでいました。

身構えていた佳子さんにはなんのダメージもなく、それどころか悪党どもの隙を衝《つ》いて、ダッシュボードに手をのばしたのです。早くもワルサーP-38を手にした佳子さんが、一方

の手でドアを開きます。

「叔父さま、お待たせ」

「ご苦労だったね」

答えたのはたった今、小屋から現れた明石さんです。中折帽を頭に載せたダンディな紳士が、そこにいました。

開いた扉の隙間から、中に倒れている男ふたりが見えます。すると河合が報告した三人目の腕利きとは、明石さんのことだったのでしょうか。

やっと顔を上げた伊崎も佐脇も、わけがわからないという顔つきです。それもそのはず、六時に帰宅した明石さんが張り紙を見て車を走らせて――イヤイヤ、それでは伊崎たちに先回りできるはずがありません。

混乱する悪党どもをほうって、佳子さんは勝手に車を降りてゆきます。小屋にぶつけたフォードの車首は、無残にも傷だらけとなっていました。

「待てっ」

伊崎が怒鳴りました。

笑顔で肩を並べた明石さんと佳子さんを睨んで、血がまじった唾を吐き散らして、

「よくも俺の車をキズものにしやがったな！」

怒りに目がくらんだ伊崎は、ダッシュボードに手をのばそうとして愕然《がくぜん》としました。拳銃を子爵に渡す佳子さんに気づいたのです。

慣れた動きで摑んだ明石さんは、車のふたりに出てこいと、銃身をふってみせました。

茫然としながらも悪党どもは降り立ちましたが、それでもまだ負けたつもりではなさそうです。ゾロゾロと配下が現れる気配を察知した佐脇は、態勢を立て直しました。口ぶりだけは強そうに、

「明石子爵だな？　なぜあんたがここにいる！」

返ってきた答えは、秘書の予想外なものでした。

「明石？　子爵？　そんな者がどこにいるというのかね」

「な、なんだと」

面食らった佐脇に代わって、伊崎が突っかかります。

「あんたが明石じゃないか！　俺とは交番で会ったばかりだ」

「ほほう」相手は含み笑いをしました。

「まだわからないのか。私はあんただよ」

スーッと真剣な目つきになって、佐脇を睨《ね》めつけたのです。

「な、なんだと」

「鈍い奴だな。こんな男が私の名を騙《かた》ったとは」

佐脇が棒を呑んだように立ちすくみましたが、伊崎はひるみません。さすがに切れ者の悪党でした。

「きさまが、二十面相だったのか！」

そこで中折帽を脱いだ明石子爵――イヤ怪人二十面相は、優雅なゼスチュアで一揖《いちゆう》を送ってみせたのです。

「……畜生！」

躍りかかろうとした伊崎が、立ちすくみました。

二十面相がまた帽子をかぶると、まるで手品のように右手に拳銃が光っています。これまたワルサーのPPでP‐38の原型でもありました。むろんもとのワルサーは、ちゃんと左手に残したままです。

「私は左右両手が使える。キャグニーやポール・ムニに負けまいと、二丁拳銃を訓練したのでね。そうそう」

隣の佳子さんに視線を送って、二十面相は芝居がかった台詞《せりふ》を吐きました。

「改めてご紹介しておこう。こちらは小林芳雄くんだ」

「……！」

声にならない声を上げて、悪党たちは口を開けました。

省略をお詫び申し上げます

間抜けな悪党どもと違って、読者はとうに気づいていたでしょう。それでも怠《なま》け者の作者は、あちこちの場面を省略したり不適切な表現をいたしました。みなさんの忖度に寄りかかったことをお詫びした上で、改めて注釈をつけさせていただきます。

ご面倒ですが、まずは一九〇ページまでもどってくださいませんか。

「明石さん、なにか考えているんじゃないですか」

「ほほう、なぜそう思ったんだね」

月の光を浴びながら、お互いにひと癖ある笑顔の応酬です。

明石さんにしても、小林くんにしても、いったいどういうつもりなのでしょう。

という場面の後を書き加えることにします。

——ふたりは黙りこくって、庭から母屋に上がりました。

廊下伝いに玄関へ向かおうとして、申し合わせたように足を止めました。

「小林くん……」

「はい？」

「私の考えすぎなら謝るが……なにかいいたいことがありそうだね」

「ああ、それなら謝る必要なんかありませんよ」

「つまりきみにはいいたいことがある、と」

「はい、二十面相さん」

小林くんがなんの蟠《わだかま》りもなくその名前で呼びますと、当の明石さんも驚くふりさえしませんでした。

「立ち話もなんだから、板の間に行くかね」

「広くて天井も高いから風が通りますね」

「よかろう。お互いに少しばかり汗をかく話になりそうだ」

板の間といっても、接客室というべきでしょうが、勿体をつけるのが嫌いな明石さんは、気安く板の間と呼ぶのです。

ガランとしたフローリングの十二畳大で、正面に作りつけの飾り棚がある、簡素ですが肩の凝らないスペースでした。

「まあ、座りたまえ」

テーブルを挟んで椅子に腰を下ろし、ふたりは正面から顔を合わせます。

「……で？」

明石子爵、イヤ本人が否定しないのだから、作者もはっきり『二十面相』と書いていいでしょうね。

「いつ私ということに気づいたのかね」

「小さなしくじりをしたんですよ、二十面相……さん」

さん付けされた相手は苦笑しました。

「いいにくそうだな。敬語抜きで構わない」

「ウン、そうする」

タメロになりました。

「矢島のおばさんに化けて、ぼくの様子を探りにきたときだよ」

「わかっていたのか、なぜ」

「腕時計がそのひとつ」

「ハテナ」二十面相が首を傾げました。

「矢島夫人は、戦死した息子の思い出に形見の時計を使っている。そう聞いていたんだが」

「ところがあの夜のおばさんは、時計を右の手首に巻いていた。女性だからと右にしたのだろうが、考えすぎだったよ。おばさんは息子どうよう、男みたいに左手首に巻いているんだ」

「そうかね」二十面相は不服そうです。

「私が下見にいったとき、あの女性は右に巻いていたぞ」

「やはりそうだったのか」

小林くんは微笑《びしょう》しました。

「二十面相がそんなヘマをするはずがないと思った……足音まで似せていたんだもの。でも運が悪かったなあ。おばさんは左手首を火傷《やけど》したことがある。その間だけ右に時計を嵌めていた。あいにくそのときだったんだろ、下調べしたのは」

「ちっ」

二十面相が軽く舌打ちしました。

「弘法《こうぼう》も筆の誤りだな。……私のミスはそれだけか」

「もうひとつある。あの晩、黒い鼻緒の下駄を突っかけていたね」

「それがいけないのか」

「いけないんだ。おばさんは二度と黒い鼻緒の下駄を履かない、そう決めていたんだから。黒い鼻緒が切れたおなじ夜、息子の戦死の知らせが届いたんだって」

「……なるほどなあ」二十面相は真剣な顔でした。

「人が人に化けるのはむつかしい！」

「二十面相にはその前から繰り返し騙されていたもんね、いやでも用心するじゃないか」

小林くんは、慰めるみたいな口調になりました。

「だから、あれもこれも二十面相じゃないかってね、思うようになっただけさ。〝本物〟の明石さんにはじめて会ったとき、ぼくがカマをかけただろう？」

二十面相は一度、明石さんになりすましていました。正体がばれた後、〝本物〟の明石さんとして小林くんの前に現れたのも、実はおなじ怪人だったのです。

二十面相は苦笑しました。

「あのときはとっさのことで、私もついボロを出しちまった」

どんなやりとりだったかわかりますね？

「……まあ、そんな頭の回転のよさを見込んで、きみに協力を申し込んだんだが」

「ぼくにかい」

「うむ。私だけでは埒があきそうもない。ひとつきみといっしょになって、奴らにいっぱい食わせたいのさ」

「ぼくになにをしろというの」

「明石子爵の姪になってもらいたい」

「ヘッ？」

びっくりした少年は、思わずおかしな声を上げてしまいました。だが二十面相は平気な顔でつづけます。

「驚くほどのことじゃない。ほら、いつかきみはお手伝いの女の子に扮《ふん》していた……なかなか可愛かったぞ」

「そうかなあ」

頭に手をやった小林くんが、照れ笑いしました。二十面相がいったのは、『少年探偵団』の物語で、二十面相が大鳥《おおとり》家の黄金塔を狙ったとき活躍した千代《ちよ》ちゃんこと、小林少年の女装ぶりでした。

「きみは磨けば一段と光る素材だよ。私がそう見込んだんだ。腕によりをかけて、飛び切りの美少女に化けさせてやろう。……今夜ひと晩ゆっくり考えてくれ。どうだい、明石子爵と姪の佳子のコンビで、わが国の誇る葛飾北斎の名画流出を防ごうじゃないか！」

これで小林少年が明智探偵の写真を見上げて、独り言を繰り返した理由はおわかりですね。

「ぼく、迷っています……考えれば考えるほど、わからなくなりました」

その迷いが明智先生の無事帰還予定の知らせでご機嫌になり、吹っ切れたこともご承知の通りでした。

「いいよ、二十面相！」

決心したからには、小林くんのことです。二度と後もどりするつもりなんてありません。

「さあ、今日から頑張るぞ！ 先生がお帰りになる日まで！」

そして見事に春日佳子に化けて、悪党ふたりを騙してやったのです。

もっとも小林くんだって、本気で驚いたときには、あぶなくボロを出すところでした。たとえば金太郎面の泥棒が名乗ったとき。

「世間は私のことを二十面相と呼ぶようだ」

「えーっ」

小林くんの狼狽は大変なものでした。

挟んでいた一升瓶が膝の間を抜け出して、ゴロゴロと転がったほどですから。

さいわい佐脇はその瓶の動きに気をとられて、一瞬小林くんから目をそらしていました。

さもなかったら、笑いを堪える佳子さんの珍妙な表情に気づいたに違いないのです。

竹内こと伊崎が巡査の仮面を脱いだときも、正直いって本当に驚きました。予め二十面相から、

「あの新しいお巡りには用心しろ」

といわれていたのですが、まさか竹内が伊崎の変装だなんて、夢にも考えていませんでした。小林くんは、二度にわたって伊崎の襟首の黒子を確認しているのに、竹内巡査の襟首には黒子のホの字もなかったから、すっかり安心していたのです。

二十面相によれば、「わざと嘘の特徴を見せておけば、別人になりすますときラクだ」というのですが、これは見事にしてやられました。

だけど小林少年・二十面相チームだって、伊崎たちをきれいに騙しています。

読者諸君は、書類を持参したときの中村警部を覚えているでしょう?

あの警部はむろん二十面相でした。

二十面相は竹内が怪しいといい、小林くんは首を傾げました。そこで念のため、彼が午後一時の巡回をすませた後、中村警部に化けて明石邸を訪問する約束を、ふたりで交わしていたのです。だからあのときの書類のやりとりはみんなデタラメでした。

小林くんが書類に書いたのは、春日佳子のサインではなくて、『やっぱり贋巡査だったよ』

の文字でした。

「これでよろしゅうございますか」

「失礼」

書類を受け取った中村さんは斜めに見て、「ホホウ」と鼻を鳴らしました。

「いや、結構です。……よく書けている」

廊下でやりとりを見張っていた悪党も、書面までは目が届きません。まんまと騙されてしまいました。

いやもう、狐と狸どころか手品師と魔法使いの化かし合いですね。

それにしても小林くんは、いつの間に口の中にボルトを隠していたのでしょう。もちろんあのときです。ホラ、伊崎たちが庭へ出て明石鉄道にもぐったときです。

佳子さんに変装して縛られていた小林くんが両足を動かすと、それを合図にカタカタと達磨が音を立てましたね。つづいて小林くんが、まばたきのモールス信号を送りだします。

〝ヤツラハチカ。イマナラヘイキ〟

その信号を受け取った達磨さんは、すぐ行動を開始しました。

アレ、ヘンだな。きみはそう思いましたか。なぜって飾り棚に載っていた達磨は、高させいぜい40センチです。そんな小さなものに人間が入れるはずがありません。

入ったとすれば、頭くらいなものだ。

もしそう考えたのなら、きみは正しい。

そのときの情景はこうでした。

信号を受け取って持ち上がったのは、達磨さんだけではなかったのです――敷いていた座布団ぐるみでした。達磨の寸法には大きすぎた座布団が、なんと達磨を載せたままグングン上昇してゆきました。

飾り棚の天板には、座布団で隠した大きな切れ目が入っていたのです。

それまで戸棚に隠れていた明石さんの、まず胸から上が現れました。掛け声ひとつかけずに飾り棚から飛び出した明石さんは、音もなく板の間に降り立ちます。この作りつけの戸棚は、床下と板の間を自由に移動できる抜け道でもあったんですね。

中央は一面の鏡でその前に大皿が飾られています。一見してそんな空間はないように見えましたが、鏡を使って来客の目を誤魔化しただけ。奇術でよくやるトリックだったのです。

明石子爵を騙って住み着いていた二十面相だから、こんな細工をする時間があったというわけです。

「窮屈な思いをさせたね」

小林くんの前にしゃがんだ二十面相が、猿ぐつわを外してくれました。口に詰め込まれていたハンカチを吐き出し深呼吸する少年を見て、

「もう少し辛抱してくれよ」

コックリした小林くんが告げました。

「テーブルの脚にね、小さなネジが使われてる。あれならぼくの口に納まる」

はじめからハンカチの代わりに、小武器を隠すプランだったようです。二十面相がうなずきました。

「もう目をつけていたのか。はしっこいな」

怪盗に褒められて、少年がエヘヘと笑います。

布にくるんだ金具ごと猿ぐつわを嵌めてから、二十面相は小林くんの背に回りました。

「縄に切れ目をつけておく。きみの力で簡単に切れるように。……ところでこの胸だが、私の忠告が役に立っただろう?」

赤い顔になって小さくうなずきます。女の子と思い込んでいた伊崎に、胸を揉《も》まれたときのことでしょう。

二十面相から変身の指南を受けた小林くんですが、特製の贋乳房を差し出されたときは、

ちょっと抵抗しました。

「イヤだよ、そんな……気持悪い」

「バカをいうな。きみほどの美少女なら、男は間違いなく胸に触りたがる」

無理やり押しつけられたときは本気で恥ずかしかったのです。ブラジャーという言葉も知らない男の子でしたから。

でも二十面相がいった通り、本物の乳房と思った伊崎は、嬉しそうに作り物を揉んだのです。そればかりではありません。小林くんを車に乗せるときなんて、伊崎ときたら少年に接吻を迫るつもりでしたから。はっきりいってあの場面こそ、小林芳雄くん最高の危機でありました。今にも爆笑しそうなのを、死に物狂いで体をよじり、バンパーにつまずいたふりをしたというわけです。

では、給水塔にもどります

二十面相が構える二丁拳銃の前で、立ちすくんだ悪党たちですが、油断はできません。

「集まってきたよ」

佐脇と伊崎を睨みつけている二十面相に、小林くんが周囲の情勢を伝えます。木々の闇の間から次々に目つきの悪い男たちが現れます。揃いの国民服姿がまるでやくざの制服みたいに見えました。

手下どもに背を見せたまま声を張り上げる伊崎です。

「人を殺さないのが二十面相の看板だ。雀を追い払うしか能のない拳銃だぞ。心配する必要はない！」

痛いところを突きますが、二十面相は落ち着き払ったものでした。

「その通りだ」

いったと思うと、銃声が二度つづきました。ほとんど同時に左右の銃口が火を吹いたのです。まったく別々な角度で別々な標的に向かって。

「ぐわっ」

背後に回り込もうとカニ歩きしていた男が、ナイフを放り出して転げ回ります。空が暮れてきたので、撃たれた左足のズボンが墨色の液体に浸されてゆきます。

ひと息遅れて、ケヤキの大木が枝を鳴らしました。人間をひとり地面にふり落とした様子でした。

「兄貴！」

下っ端らしい若者が声を裏返して、大木の根元に駆けつけます。ケヤキの梢《こずえ》から狙い撃つつもりが、あべこべに狙い撃たれたと思われます。

宵闇が満ちて行く中で、二十面相の白い歯が見えました。

「私は人を殺さない。だが怪我をさせないとはいってないぜ。贋二十面相もご承知のようにね」

「畜生」

伊崎が小さく呻きます。

この男の凶悪な賢さを、小林くんは熟知していました。まして今は背後に仲間をなん人も控えさせているのです。小屋の中を含めて四人までは始末できましたが、伊崎と佐脇を除いても、まだ十人あまりが木の下闇《こしたやみ》に隠見しているのです。もしかしたらまだ伏兵がいる可能性もあります。そういえば、さっき河合と呼ばれた男の姿も見えません。

ふたりを圧迫する殺気が密度を増してゆくのが、ありありと窺われました。

「大丈夫かい」

小林少年の声がかすれました。背後をとられないよう懸命に意識を集中するのにも、限界が近づいていました。

けれど、場数を踏んでいる二十面相は、ビクともしません。今にも口笛を吹きそうな表情で、小林くんに応じます。

「私の合図で走るんだ」

鉄橋を支える橋脚は二本ありますが、梯子《はしご》のない一方に比べ、南側のもう一本は素通しながら囲いがありステップも設けてありました。でもそちらの上がり口には、厳重な扉があるのです。

「心配無用、鍵は外した」

さすが用意周到でした。いつの間に？　でも今はそれを尋ねる暇がありません。ふたたび二十面相の手元で二発の銃声が起きました。佐脇たちに向けていた銃口を外して狙ったのは、あたりを照らしていた高いポールの庭園灯です。拳銃で狙うには距離が遠いので二発撃ったのでしょう。その一発が見事に命中しました。

破砕音と共に光は消え、後にはもはや日没の残光さえない空。雲が月を隠していて、悪党たちは一瞬で目潰しを食わされます。

「今だ」

二十面相の指示を待つまでもなく、小林くんはすっ飛んでゆきました。女の子らしい絣の衣裳でも、下半身はモンペなので行動に不自由はありません。

梯子を囲む縦桟《たてざん》は木製でも扉は鉄製です。小林くんにつづいて飛び込んだ二十面相は、内側から閂《かんぬき》を下ろしました。

銃声が散発的に後を追います。なん人かが拳銃を携帯していましたが、距離がある上に視覚を奪われた射撃では、命中するはずもなかったのです。

タンタンタンタン！

軽快な音を響かせて、二十面相と小林くんがステップを駆け上がります。

足元では上がり口にとりついた大勢の国民服が体当たりしていますが、鉄の扉は容易に破れそうもありません。

虚しい努力を嘲笑《あざわら》うように、ふたりは南北の塔を結ぶ鉄橋の上に辿り着きます。手近な南の塔へ走ろうとした小林くんを、二十面相が止めました。

塔から五人の男が現れたのです。

「ほう！」

二十面相が感心しました。

「ここまで網を張っていたのはさすがだ」

言下に彼の右手が火を吹きました。

「ぐわっ」

肩を押さえた先頭の男が転倒して、その手から飛んだ拳銃の影が、手すりの隙間から消えてゆきます。

拳銃を持っていたのはひとりだけで、後の四人がてんでにふりかぶったのは棒だのスコップだの。それでも先頭に出た大男が、吠えてみせました。

「降参した方が身のためだ」

東北訛りに聞き覚えがあります。佐脇秘書と問答した河合でしょう。

橋の真ん中で仁王《におう》立ちの二十面相は、苦笑したようです。

「飛び道具はないのかね。……天下の四谷重工も、金属製品はお国に召しあげられたか」

彼は背後の小林くんに囁きました。

「北側の塔に走りたまえ」

「ウン！」

少年が身を翻すと、追おうとした別な男が銃声と同時に膝を突いて呻きました。

「威嚇《いかく》射撃は省略するよ。私も弾は惜しいから」

橋は大人ふたりがやっとスレ違えるくらいの幅でしたから、二丁拳銃を突きつけられた三人の男どもは、今にも両手を上げそうな按配《あんばい》です。

ようよう闇に目が慣れてきた佐脇たちも、その有様を見上げるばかりでした。みすみす二十面相と小林くんを逃がすつもりでいるのか、それとも彼らにはなにか成算があるのでしょうか。

月下に奮戦する少年探偵

風が出てきました。墨色の空をなぞって、ひときわ濃い漆黒の雲が駆けてゆきます。

と思うと、見る見るあたりが澄んだ浅瀬を覗くように明るくなったのは、月面を覆う雲が吹きちぎられたからでした。

北の塔へ急ごうとした小林くんが、このときフト気づいたのは、眼下で橋を仰ぐ佐脇たちの姿です。

(もしかしたら!)

本能的に悟った危機。少年のカンは的中しました。

「おおっ」

という男たちの声が足下で沸いたのと、小林くんの眼前に伊崎が出現したのとが同時でした。

橋を支えていたもう一本の鉄脚。そいつを悪党は攀《よ》じ登ってきたのです。L字型の鉄鋼がブッ違いに組んであるだけでしたが、人間離れした筋力の伊崎は、L字鋼を梯子代わりに苦もなく攀じ登ったのでした。

ひと息で駆け抜けようとした少年も、わずかなタイミングで前を阻まれて、立ち往生するほかありません。

月光がクッキリと、ふたりの影を橋板に刻みつけます。

これが五条《ごじょう》の大橋なら、伊崎は弁慶《べんけい》でさしずめぼくは牛若丸《うしわかまる》だ。

そんなことを考えた小林くんにはまだ余裕がありましたが、敵の右手でナイフが光ったのを見て、さすがにドキリとしました。

付け焼刃で悪党ぶる佐脇とは違うのです。

こいつは正真正銘の凶漢なんだ。ぼくの胸に刃を突き立てるくらい、蚊を潰すほどにも思わないんだ。

そう思っただけで、背筋に冷たい汗が湧いて出ました。

見れば伊崎は笑っているではありませんか。斜め上から月光を浴びた悪党の歯が白く光りましたから。

拳銃は背後で二十面相が、四谷の配下を牽制《けんせい》するのに使っています。今の小林くんは、武器といったら五寸釘一本手にしていません。

「俺の大切な車を、よくも傷だらけにしたな」

伊崎の歯の奥から声が軋り出ました。こいつは粗暴なだけの男ではないのです。頭もよく目端《めはし》が利き、人並みに愛と憎しみの対象を持ち合わせていました。ただし愛をそそぐ対象は自分の車です。だから小林くんが憎くてたまらないのでしょう。

「今度はきさまを傷だらけにしてやろう」

翳したナイフの刃を月光が白々《しらじら》と輝かせます。

「……」

小林くんはなにもいいません。ただ両手を上げただけでした。抵抗の意志はないというゼスチュアでしょうか。

少年の無抵抗ぶりが、かえって相手の嗜虐《しぎゃく》欲に火を点けたみたいです。

彼は口を歪めてペッと唾を吐きました。と思うとズカズカと、一気に距離を縮めてきたのです。

「動くなよ……動くとよけい痛い思いをするぞ」

引導を渡すように声をかけてから、一気にナイフを突き出しました。もちろん少年の左胸めがけて！

そのとたん、伊崎の視界は真っ暗になり、刃先がなにかにめり込んで、顔面を硬いもので強打されました。それもさっき打たれたばかりの鼻梁《びりょう》だったから、さすがの悪漢も驚愕したことでしょう。

「うおっ？」

棒立ちの伊崎の顔から、鼻血がつーっと糸を引きます。

なんと小林くんは耳まで持ち上げていた手で、三つ編みを摑んでふり回していました。坊主頭に載せた鬘《かつら》が一気にスッポ抜けたのです。

ところで読者のみなさんは、鬘の構造をご存じでしょうか。

正式な鬘は、ただ形を整えただけの毛髪ではありません。

まず、かぶる者の頭の形に合わせて、銅製の地金《じがね》を成形するのです。その上に髪を植えた羽二重《はぶたえ》を巻いて髪形を造り、もみ上げの部分までのばしたアカガネで左右から頭を挟む必要がありました。

だから鬘は演者の激しい動きにも外れないのですが、先ほど小林くんは両手を上げて降参の姿勢をとりながら、実はもみ上げを挟む地金を緩めていたのです。

そのためまばたきより短い動作で鬘が脱げ、三つ編みの片方を摑んでふり回すと、もう一方の三つ編みが、まるで鞭《むち》打つように伊崎の鼻面を打撃する——という仕組みになっていました。三つ編みは細くて強靭《きょうじん》な針金で補強してあったし、力まかせに突いたナイフを弾力で受け止めたのがアカガネ製の地金です。

予め小林くんは、二十面相に聞かされていました。

「いざというとき盾になるよう、厚みを増してある。少々重いのは我慢したまえ」

アア、二十面相はこんな隠し武器まで小林くんに用意させていたのです。軟らかい銅にめり込んだナイフは、三つ編みのひとふりで呆気なく宙に飛ばされ、鼻血をふりまいた伊崎は怒りに目がくらんでいました。

「野郎！」

だがそのときはもう、小林くんは目の前から消えています。

カッとなった伊崎は気づかなくても、仰いでいた佐脇たちにはよく見えました。

なんと大胆な離れ業か、橋の手すりに飛び乗った少年は、足が滑れば20メートル下へまっ逆さまだというのに、軽く身を翻して悪党の背後に飛び下りたのです。

小林くんが消えた後には、二丁拳銃の二十面相が立っていましたから、伊崎はいよいよ狼狽するほかありません。

それもよく見れば、橋の上に倒れた四谷の配下は三人だけで、後のふたりはスコップも下ろして、まるで戦意がなさそうに見えます。

銃口にひるみながら、伊崎が怒鳴りました。

「きさまたち、なにをしてるんだ。飛びかかれ！」

するとどうしたことか、ふたりのうち体格のいい河合が、にやりと笑ってみせました。

「オイオイ、なにかカン違いしてやしないかい」

「な……なんだと」

「仲間の顔をぜんぶ覚えてるわけないよな。あんなにあわてて駆り集めた三下《さんした》どもだ、記憶に残らないのは当然さ」

小柄だがすばしこそうな、もうひとりの男もいいました。

「こちとらはあんたの名前をキッチリ呑み込んでるのによォ。つめたいじゃないか、伊崎の兄貴」

二十面相を護衛でもするように左右から挟んだ男ふたりが、へらへらと笑うではありませんか。ようやく伊崎も状況を理解できたようです。

「きさまら、二十面相の手下だったのか！」

不意にその二十面相が、拳銃をヒョイと横へ向けました。

「気づいていないと思ったかね、諸君」

佐脇の指示でしょう、こっそり階段を上ってきていた四谷の一党が、まさに橋に上がる直前だったのです。銃声、そしてステップの火花。

踏みつぶされたカエルのような悲鳴を上げて、二三人が階段を転げ落ちた様子。二十面相に油断はありませんでした。

「ねえ、二十面相」

立ちすくんでいる伊崎の脇から、小林くんが顔を覗かせました。

「あいつらは四谷なの、それとも」

ふたたび月が隠れたので服装まではわかりませんが、北の塔から男たち三人が湧いて出たのです。二十面相はこともなげでした。

「もちろん部下だよ。私のやり口はいつも万全でね、きみも知っての通りさ」

すると小林くんは憤然となりました。

「ズルいぞ！　あんなに手下がウジャウジャいたのに、ぼくを伊崎と戦わせたのか！」

「怒ることはないだろう」

二十面相は平然と笑っています。

「きみを信頼したまでさ。たとえ相手が伊崎でも、小林くんなら勝つだろうとね。だが万一ということもある。きみに怪我をさせては明智くんに申し開きできないからな、用心したまでだ」

膨れっ面の少年でしたが、明智先生の名を持ち出されてはそれ以上怒れません。だがその隙を伊崎は見逃さなかったのです。

前後を二十面相の部下に挟まれた鉄橋の上。下には自分の仲間が大勢いても、20メートルの高低差があっては逃げ場を失った——そう思い込んだ小林くんの気の緩みを、凶漢が衝きました。

「しまった」

少年があわてたときはもう遅く、伊崎は気合もかけずに体を宙へ飛ばしています。手に摑んだのは鉤爪《かぎづめ》のついた縄でした。飛び越えた手すりにその鉤爪をガッキと引っかけて、悪党は宙にブラ下がりました。惜しいことに縄の長さが足りず、ひと思いに地上へ降り立つのは無理なようです。

手すりに飛びついた小林くんと河合たちが縄を引き上げようとしますが、伊崎の体重とまだ揺れる縄の動きが邪魔で、鉤爪は容易に手すりを離れようとしません。その間にさらに縄を揺すった伊崎は、手近なケヤキの枝に飛び移ろうとします。

(やられた!)

敵ながら見事な体技《たいぎ》でしたが、そこで伊崎の悪運は尽きました。摑んだ枝が折れたのです。ベキッという音が少年の耳に届いたほどですから、ひとたまりもありません。彼の体は葉を散らし枝をへし折って落ちてゆきます。地上までまだ10メートル以上あります。打ちどころが悪ければ死ぬところでしたが、その前に異変が起こっていました。

小屋に衝突したままだった彼のフォードが、不意に猛烈なスピードでバックをはじめたのです。誰が運転しているのか、あっという間にケヤキの根元に着いた車が、落下する伊崎を屋根で受け止めたではありませんか。

驚いた小林くんが、声を上げる暇さえなかったのです。

衝撃に耐えられず、くの字になった伊崎は失神しているものの、命拾いしたことは確かでした。

だが少年の肩に手を置いた二十面相は、皮肉な笑みを漏らしました。

「運の尽きだな。ごらん」

「えっ？」

小林くんは目をパチパチさせました。

フォードの運転席から降りた男は警察官です。それも、気絶した伊崎を窺う姿に見覚えがありました。

「中村さん！」

たびたび伊崎に煮え湯を呑まされていた警視庁の中村警部が、なぜここに現れたのでしょう。それも伊崎逮捕という絶好の瞬間に。

逆転・逆転・また逆転

車のハンドルを取っていたのが警官とは思いも寄らず、駆けつけようとした佐脇たち四谷の配下が立ちすくみました。

「伊崎六造は殺人容疑で逮捕した。関係者としてあんたたち全員、警察に同道してもらうぞ」

スピーカーなど使わなくても、修羅場《しゅらば》で鍛えた警部の声は驚くほどのびがあって、橋の上までよく聞こえました。

それにしても中村さんは、いつ現場に着いていたのか。

小林くんや二十面相が鉄橋へ上った後、佐脇たちの視線は橋に釘付けとなっていました。その隙に木立を縫って敷地の奥へ潜入したのだと思われます。

「馬鹿者、あわてるな！」

佐脇の叱声《しっせい》も耳に入らず浮足立った大勢が門に向かって逃げようとすると、にわかに一帯は昼の明るさとなりました。

ふたたび立ち往生した四谷組。組なんていうとまるでやくざみたいですが、実質はそうなんですからマアいいでしょう。

探照灯はもちろん警視庁の備品です。『少年探偵団』を読んだあなたなら、覚えていますね？　表門から堂々と押し入ったトラックには照明はむろん、警官がなん人も乗り込んでいました。

数はまだ四谷組が多いにせよ、臨時雇いのならず者と警察官では、まるで訓練の質が違います。烏合の衆は明らかに押されて見えました。

警官が探照灯に手をかけると、光が大きく左右にふり回されました。それまで陰にいた者たちが顔をそむけ目を瞑ります。

その背後から中村さんの乗ったフォードが、警笛を高らかに鳴らしました。無理を承知で潜入していた警部の狙いがわかりました。佐脇が集めた連中を挟み打ちして、戦意をそぎ落とそうというのです。

今にも光の海で溺死《できし》しそうな奴らを見下ろして、小林くんが叫びました。

「凄いや、中村さん！」

パチパチと手を叩く姿が見えたのでしょう、中村さんの占拠した車が、朗らかに警笛で応えます。

「短い時間によく頭数を揃えたな。さすが係長だ」

という二十面相の声に、小林くんはふり向きました。

「呼んだのは二十面相なの？」

「あいにくだが、私が電話しても警視庁は動かないんでね。中川巡査に頼んだよ。辞表を出すついでに最後のご奉公をするよう指示した」

面食らった少年が、聞き返しました。

「やめるの、警察を」

「やむを得ないさ。彼は交番勤務でありながら、佐脇秘書の情報伝達役を務めていた。つまり四谷家のスパイだった」

それからニヤリと笑いました。

「ついでにいうなら、私と警察のパイプ役でもあった」

「えーっ」

これには仰天です。あの人のよさそうなお巡りさんが、実は四谷家と二十面相の二重スパイを演じていたなんて！

「中川さんは佐脇と、あなたの両方に買収されていたのか」

四谷の息がかかっていたのは想像がつきます。もともとあの場所に交番設置を要求したのは四谷剛太郎です。正体を隠した伊崎が贋巡査を務めたのも、はじめから佐脇の計画にあったのでしょう。

二十面相が淡々と状況を説明してくれます。

「きみには話したはずだよ。中川家は食べ盛りの子沢山だとね。肉にも酒にも不自由のない四谷財閥の連中は、庶民の苦しみをご存じない。札束を渡して買収したつもりだろうが、金よりサツマイモ一本の方が、遥かにありがたいのがこの国の庶民とは知らなかったのだよ」

「じゃあ二十面相は、お米や芋を手に入れることができたの？」

「備えあれば憂いなし、だ。私には農耕を営む手下がなん人もいた。奥多摩の日原鍾乳洞の近くにね」

その名を耳にして、小林くんは思い出しました。きっと読者のあなたもね。

（『妖怪博士』の事件の大詰めの場所だ！）

「心当たりがあるようだな。きみに進呈した玉ネギも手下たちの収穫さ」

拳銃を二丁とも子分に渡し、代わりに袱紗の包みを受け取った彼は、ふたたび明石子爵らしい上品な微笑を湛えました。

「われわれの一味は残らず逮捕されたと、新聞に報道されたがあいにくだった。鍾乳洞には私しか知らない秘密の枝道があってね。そこに警察官の制服を隠しておいたのだよ」

呆れ顔で小林くんも聞くほかありませんでした。

「いやあ、まさしく水も漏らさぬ包囲網だったな。警視庁恐るべしだが、相手が少々悪かった。やがて東京空爆は激しくなったがB29も奥多摩までは現れなかった。みんなで仲よく集団疎開の日々を満喫したわけさ。……ほう。どうやら下は人人しくなったようだ」

林や草むらを捜査していた探照灯の光も一段落した気配です。中村警部もフォードを離れて、鉄脚の下に立っています。

広い芝生に集められた四谷組が、両手を頭の後ろで組んだ姿勢で座らされました。その周囲に立つ警官たちのサーベルの音が騒がしい中で、中村さんに向かって怒鳴る佐脇を探照灯の光が染め上げます。

「ここにいるのはすべて四谷重工の従業員だ。ただちに解放しなさい。警視総監の首が飛んでも構わんのか！」

大股に詰め寄る佐脇を痛快なほど無視した警部は、制服の配下に指示を飛ばすのでした。

「全員に手錠をかけろ。身柄を確保した上で荷台に追い上げるんだ」

「おいっ、きさま、返答せんか！」

近づいた佐脇の眉間《みけん》に、警部がピタリと指先を当てたので、秘書も気圧《けお》されたように口をつぐみます。警部はいいました。

「この騒々しい男が首謀者だな。助手席に放り込め」

いつもは明智探偵や二十面相の陰で損をしていた警部ですが、警官隊を率いた今夜はなかなかの武者振りでした。

「よっ中村さん、千両役者！」

小林くんが声をかけたのは、いつか見た歌舞伎の舞台の大向こうを真似たのでしょう。引きずられていた佐脇が橋の上を睨めつけ、警官隊に向かって吠えました。

「あそこにいるのが二十面相だ！」

破れかぶれの怒号とはいえ、詳しい事情を知らない警官隊も四谷の男たちも、その名前ならよく知っています。文字通り仰天した形で、鉄橋を見上げました。

（まずいや）

小林くんは首をすくめました。中村警部にしても、今日だけは見て見ぬふりをする気だったのでしょうが、正面切って二十面相と名指しされては、知らぬ顔もできません。グッと詰まった様子です。

しかし二十面相はやはり怪人でした。そんな警部を見下ろして、高らかな笑声《しょうせい》を放ったではありませんか。

「わはははは。中村くん、久しぶりだねえ。颯爽《さっそう》たる指揮ぶり、お見事だったよ」

「あの男を逮捕しろ！」

引っ込みのつかない中村さんでしたから、つい号令をかけてしまいました。警官隊がバラバラとステップに駆け寄りました。だが二十面相はあわてずに道化《どうけ》た手つきで、ヒョイと傍《かたわ》らの小林くんを示しました。

「おっと、こちらには人質がある。ごらんの通り」

（へ……？）

小林くんも呆気にとられました。左右から銃口が睨んでいます。さっき二十面相が預けたワルサーを手に、河合たちが少年を挟んでいるのです。びっくりすると同時に、可笑しくなってきました。

ああ、そうなんだ。ぼくと二十面相は敵味方だもの。当たり前のことを忘れて、つい仲間気分で甘ったれてしまった。

二十面相が足下に叫んでいます。

「中村くんに忠告するが、優先順位を間違えてはいけないぜ。きみがこの場所に現れたのは、殺人犯伊崎とその一味を逮捕するためだろう。さあ、さっさと務めを果したまえ。ぼんやりしていると、ホラホラ下っ端どもが逃げてゆくぞ！」

「ぬぬぬ」

板挟みになった警部の歯ぎしりが、橋上の小林くんにまで聞こえそうです。その中村さんに、今度は佐脇が吠えつきます。

「ぐずぐずするな、官憲ども！　この機会を逃がしたら、あんたたちは二度と怪盗を捕まえることはできんぞ！」

それもそうだとうなずく制服組がそこここに見えました。なんべん逮捕しても、その都度スルリと抜け出す二十面相です、今こそ絶好のチャンスと手錠に唾をつける警官だっていたことでしょう。

するとこのとき、小林くんが叫びました。女の子の声かと思うほどの高音が、芝生や木立の隅々までよく通ります。

「中村さん、心配しないで！　二十面相なら、絶対にぼくが捕まえてみせる。だから今は四谷の手下のそいつらを逮捕してよ！」

宣言された二十面相が小さく笑ったようですが、少年は大まじめでした。

「現場を押さえたときでなきゃ、四谷はきっといい抜ける！」

まさしくそうだと、中村さんが首をふるのが見えました。

「よけいなことを……」

警官のひとりに手首を押さえられた佐脇が、いまいましげに舌打ちしたときです。にわかに表門の方角で騒ぎがはじまりました。

なにごとか、小林くんの目を射たのはまず光の洪水です。警察の探照灯が蠟燭《ろうそく》に見えるほど目覚ましい光量で、木々の緑をいっせいに黄金色に煌《きら》めかせました。たった今、門を押し入ってきた大型車の仕業でしょう。

つづいて高らかに鳴りわたる警笛、周囲を威嚇する音量の旋律まではじまり、二十面相を呻かせました。

「もうきたか。『星条旗』が!」

「えっ、なんなのあの曲は」

「アメリカの国歌だよ……くそ、やられたな」

二十面相としては本気で口惜しそうな口吻《こうふん》でした。

あべこべに躍り上がらんばかりの喜びを見せたのは、佐脇です。

「ウェルカム! ジェネラル・ジェームス・マッケイ!」

逆転から更に大逆転？

小林くんも茫然とするほかありません。

眼下の光景はまたもや大きく塗り変わろうとしていました。トラックの荷台に乗せられていた国民服どもが悠々と腕をのばしながら降りるのを、傍観するほかない警官隊。四谷組がしきりに悪態をついていますが、もはや中村警部もなす術がないようです。

英語と片言の日本語がまざったアナウンスが流れてきました。鈍重な警視庁のトラックに比べると、驚くほどの機動力に溢れたジープが三台、橋の下の芝生に展開して行きます。車上に積んだサーチライトは、小型なのに目もくらむ照度を誇示しました。

先頭の車から身軽に降り立ったのは、通訳らしい若い将校で先刻の声の主と思われました。呆れるように長い脚を閃かせた彼は、警部の前にぬっと立ちました。

最初は抗議する意志まんまんだった中村さんでしたが、面と向かえば背丈の違いは大人と中学生といっていいでしょう。遠目にも彫りの深い顔立ちの青年将校に、文字通り上からの目線でまくしたてられ、タジタジとなる姿は気の毒なほどでした。

そのジープを押し退けるように、米国旗を翻した長い鼻面の自動車（二十面相に教えられクライスラーという車種とわかります）が割り込んできて、たちまち指揮官然としたポジションについて停車しました。

悠然と降り立った大男は、給水塔の緑地全域を睥睨《へいげい》する威光をふりまいて、太った体に赤ら顔を載せた高級軍人と思われます。

相撲ではないから体格の差なんて関係ないのに、進駐軍と警官隊では横綱と取的《とりてき》の違いみたいで、小林くんも溜息をついてしまいました。

――はっきりいえば、アア日本は負けたんだな、畜生！　という気分です。

ジェームス・マッケイ陸軍中将は先遣部隊のひとりとして、食糧給水など糧秣関連を取り仕切っている幹部なのでした。

敬礼を送った若い将校が早口に状況を報告したようですが、うるさそうに聞き流したマッケイ中将は、すり寄ってくる佐脇を手招きして囁き交わしました。

すぐ話が纏まったと見え、佐脇が横柄な口ぶりで中村警部に呼びかけました。

「ご苦労さん」

と、あっさりいうのです。

「ポリスはもう帰っていいそうだ。後は中将閣下のご命令を受けて、われわれ四谷家が協力してさしあげる。現行犯はあくまで伊崎六造ひとりでよろしいな」

念を押された警部は、カクカクと機械的にうなずきました。要するにこれからの取引に警察は邪魔だ、伊崎の逮捕を土産につけてやるからさっさと引き揚げろ。そういうことでしょう。

（口惜しい……）

唇を噛む小林くんを、佐脇がジロリと見上げました。

「ただし橋にいる者たちは、この限りではない」

四谷家秘書の満面の笑みが見て取れます。

「二十面相！　小林芳雄！　下りてきたまえ。日本警察の指示ではない。従わぬ者は射殺される場合もあり得ると、そう思え。これは進駐軍の命令である！」

これから先日本人は、何度この言葉を聞かされる羽目になったでしょうか――〝進駐軍の命により〟！

読者の大半はそんな言葉はご存じないでしょうが、あなたの両親、あるいは祖父母の世代なら、きっとこの呪術《じゅじゅつ》的効果を生んだ言葉を耳にしたはずです。

まだ一般には占領軍を進駐軍といいかえる習わしのないころですから、もしかしたら佐脇の発したこの言葉こそ、進駐軍による第一号の命令であったかも知れません。

彼がつづけたのはいっそう傲岸《ごうがん》な言葉でした。

「閣下の仰せによれば、今そこに所持しているHOKUSAIを提出すれば、きさまの罪を不問に付し、この場から無事立ち去ることを許可なさるそうだ。ありがたくそう心得ろ！」

まるで悪代官に顎で使われる木《こ》っ端《ぱ》役人の台詞ですね。

つづいて将校が鋭い声を発すると、ジープを降りて芝生に展開していた兵士たちが、いっせいに銃を構えました。まさしく訓練された戦士のアクションです。照準はすべて橋上の二十面相に固定されています。

それ以前からジープが放つ三条の光芒《こうぼう》の中で、白昼のように明るい鉄橋でした。もはや逃げも隠れもできません。

（どうする気なの、二十面相）

溢れる光から顔をそむけながら、小林くんはそっと様子を窺いました。怪人にあわてる素振りはまるでありません。

彼は手に提げていた四角い布袋を持ち上げました。取り出したのは、小林くんも見覚えのある帙でした。

「北斎ならここにある。これを無償で渡せば、われわれ一統を無条件で解放する。そういう申し入れだな？」

小林くんがちょっと驚きました。

「渡すなんてダメだよ」

二十面相は知らん顔でつづけます。

「どうだね、四谷家の秘書くん。いや、きみにいっても埒はあくまいな」

独り言のように呟くと、やにわに大音声《だいおんじょう》で英語をまくし立てました。そこまで彼の語学が達者とは知らない小林くんがポカンとしていると、二十面相が口早な日本語で説明してくれます。

「戸山ヶ原の俘虜《ふりょ》収容所で通訳に化けていたんだ。今のは生粋《きっすい》のニューヨーク弁だが、相手によってはテキサス訛りを使い分けるさ」

将校から耳打ちされた佐脇が、怒鳴り返しました。

「答えはノーだ！」

「ほう」二十面相が苦笑します。

「そんなことだと思った」

そして小林くんに片目を瞑ってみせたのです。

「あいつらは、どうせ私たちを始末する気だよ」

佐脇はいよいよ居丈高《いたけだか》です。

「HOKUSAIを渡すなら、きさまだけ帰してやろう」閣下はそう仰っている！」

「ありがたき幸せだが、ではこの少年はどうなるのかね」

親しげにポンポンと小林くんの肩を叩いてみせると、返答は即座でした。

「少年とはいえ、盗賊の仲間を見逃すことはできん！」

「仲間にされたり人質にされたり、忙しいや」

少年が笑ったとたん、なんの予告もなく銃声が響いて離れた手すりで火花が弾《はじ》けました。

マッケイを警護して立つ将校が、軽く拳銃を撃ってみせたのです。その無造作ぶりときたら、なるほどアメリカは自由に銃を携帯できる国だと痛感させるしぐさでした。

こわばった少年をかばうように歩み出た二十面相が、頭上に帙を翳しました。三条の光線に照らされて、将兵からもはっきりと見えます。

十分な間合いをとったのち、二十面相は豊かなゼスチュアを交えて、音吐朗々《おんとろうろう》と告げたのです。

「マッケイ閣下は、日本のウキヨエの熱狂的ファンとお聞きした。ホクサイはその最高のアーティストである。ご承知の通り……これだ！」

帙から取り出した一枚の絵を、頭上に押しいただくように拡げてみせました。

「オオ！」

足下から沸き起こった歓声は、日米それぞれの思いに複雑な余韻を残しましたが、見下ろす小林くんだって複雑な気分です。国際的な至宝とはその通りですが、モノが美少年と美少女が四肢をからめたまぐわいの図とあっては、イヤどうもね。

投げられた光が強くて肝心の性戯はよく見えませんが、見物人の思惑に関係なく、二十面相の片手が閃きました。握られているのはライターです。

彼はなんの気負いもなくそれを北斎に近づけました。

「さて、閣下が選択すべき二案を提示しよう。われわれを見逃すなら、北斎はあなたのものだ。われわれに手を出すなら、北斎は灰になる」

二十面相の提案と思惑

絵から外れた位置で、二十面相がカチリとライターを鳴らすと、闇を焼くような炎が吐き出されました。

足下で人々の悲鳴が上がったのは、横殴りの風に煽《あお》られて、火が今にも絵に届きそうだったからです。すぐに炎を消した二十面相は、余裕を残して——だが決然として、車上の中将に宣言しました。

「ウキヨエに精通する閣下なら、北斎の真筆にいかほどの価値があるかご承知のはずである。ジェームス・マッケイの名が世界の美術史に汚点を残すことのなきよう、賢明なる選択をなされたい」

下界は静まり返りました。

微笑を湛えていた二十面相が、フトふり返ります。

「どうした。落ち着かないようだが」

先ほどからもぞもぞと体を動かしていた少年が、口をとがらせます。

「仕方ないよ。おなかのへんまでズルズル落ちてきたんだ」

「なにが落ちたって」

緊張した場面にもかかわらず、二十面相は今にも笑い出しそうになり、あべこべに小林くんの渋い顔はなんとも形容しがたい有様です。

「ぼくのオチチがだよっ」

河合が吹き出しました。少年にとって気の毒なことに、変装用だった贋乳の留め金が外れたと見えます。

「邪魔なら捨てたまえ」

「そうするよっ」

女の子っぽいブラウスを着込んだ下から、乳当てを引きずり出して手すり越しに投げ捨てたのですが、そのとたん。目の下で猛烈な銃火が閃いたのにはたまげました。

皓々《こうこう》たる光の中で、見えない鞭に叩き落とされた贋の乳房は、忽然《こつぜん》と視界から消え失せます。

それさえ二十面相には想定内の銃撃であったと見え、短い間をおいてから、彼は朗々と英語で告げたのです。

「ごらんの通り、きみたちの中には経験深い狙撃手がおいでである。だが予め申しておく。いかにベテランの戦士だろうと、われわれ全員を同時に射殺して、しかも無事な北斎を手中にするのは不可能だ！」

二十面相の配下は彼を軸として、車輪のように囲んでいました。万一彼が銃火に倒れれば、秘宝は間髪《かんはつ》を入れず配下の誰かが手にできるように。

クライスラーに将校と佐脇の駆け寄る姿が見えました。車を降りたマッケイ中将は、ハッキリと顔を歪めています。二十面相の捨て身の提案に困惑したに違いありません。橋を見上げて「カミカゼ」と漏らす兵士の言葉も聞こえました。

「神風だと」

二十面相は苦笑しています。

「違う。常に私は生きて帰る」

日本語で本音を吐いてみせました。

それまでの彼の英語も緩やかで明晰な発音だったため、小林くんもおおよその意味を汲むことができています。

「ぼくも仲間に入れてよ」

だが二十面相は首をふりました。

「きみまで特攻精神か。戦争は終わったんだぞ」

「二十面相を守るんじゃない、ぼくは北斎を守るんだ」

「春画をかね？」

「……」ぐっと詰まりました。

二十面相がニヤリとします。

「ポルノグラフィといってもよろしい」

微笑された小林くんは顔を赤らめたまま、いい返しました。

「それだって北斎だ！　日本の、世界の宝物じゃないか！」

「ならば結構。大いに結構。では私が倒れたときは、きみが代わって北斎を守ってくれるというのだな」

「そうだよ、約束する！」

「よろしい」

ふたたび英語に切り換えた二十面相は、下界の中将に呼びかけました。

「アメリカの掲げる人道精神は、まさか日本の少年を除外するのではあるまいね？　私と共に少年を射殺するのかね？　そんなことをすれば、現場写真と併せてマッケイ中将の顔と名が、海外の新聞に書き立てられることを保証しよう。私には内密のルートがあるのだよ……

OK、河合」

声に応じた二十面相の部下が大型の拳銃を取り出し、頭上めがけて発砲しました。「あっ」なにも聞いていない小林くんが、仰天したのは当然です。

河合が放った一弾、それは信号弾でした。たちまち暗天の一角に光が爆発しました。

「わはははは」

つづけて爆発したのは、二十面相の哄笑《こうしょう》です。

「誰になにを合図したのか、おわかりかな。私は予め超望遠レンズを備えたカメラマンを伏せておいた。敗れたとはいえドイツのカールツァイス社製の最新型だ。我らが銃弾を浴びたときは、中将閣下の近影と共に世界に報道される。もしも貴官が約束を違《たが》えたときの保険なのだ。……ジェームス・マッケイ閣下！」

呼びかけられた中将は、ビクリと肩を震わせました。

「では、少年をメッセンジャーとして、閣下の前に赴かせるとしよう」

日本語にもどった二十面相は、ポンと小林くんの肩を叩きました。

「頼んだよ」

「えっ、ぼくが？」

「そうだ。私が倒れたときの名代《みょうだい》はきみだ。それを前倒しするだけのことさ」

その後二十面相は、ウィンクまで送ってきたのです。意味は朧《おぼろ》げながらわかりました。

（カメラマンがいるなんて嘘っ八さ）

それはそうでしょう。ここは高い木立に囲まれた丘の上です。給水塔を撮影できる場所なんてありません。空中から撮影するならともかく、米軍の非行を世界に報道するなんて、ただのハッタリと勘づかれるはずでした。

（その前に取引を終えなくては、ぼくたちは〝玉砕〟だ）

覚悟を決めた小林くんは、二十面相の差し出した帙を受け取りました。つい今し方マッケイたちに示した北斎が納められています。光の中で確認したばかりの絵に、髭が描かれてなかったのはもちろんです。

軽量の包装でも、受け取った帙には千鈞《せんきん》の重みがこもっていました。

「じゃあ、行ってくる」

帙を捧げた小林くんはブレない足どりで、下界に繋がるステップを踏み出しました。女ものの靴で歩きにくいけれど、カンと乾いた音が響きます。

今この瞬間にもスナイパーの銃口は、ピタリと小林くんに照準されているはずでした。

カン。

そのときです、フッと少年に疑念が生じたのは。

(あの美術狂の二十面相がマッケイに本物の北斎を渡すだろうか?)

カン。足元に、また冴えた金属音が上がります。

(それ以前にぼくも佐脇も、髭のある贋物を見せられている。今度は本物に決まってる……あの髭の絵は、そう思わせるための贋作だったのでは)

カン……。

てきめんに少年の歩みがふらつきました。

(ラフな贋作ではなく、ちゃんと模写した贋北斎なら……)

光と闇が斑《まだら》となったこの急場で、とっさに真贋を判定できる目の持主が、陣中にいるでしょうか。繰り返し二十面相に騙された少年だから、彼の考えが読み取れます。

(本物は隠れ家に安置しておいて、ぼくに贋作を献上させようというんだ)

カン。

(真贋がハッキリするまでマッケイは、みんなを解放してもぼくだけは帰すまい……まさか二十面相が、ぼくを見殺しにするとは思わないから。でも実はわれわれは敵味方だ、ぼくを残して逃げ出すつもりじゃないか二十面相は!)

結論が出ました。このままでは、小林くんは今度は進駐軍の捕虜にされます。

(どうすればいいんだ?)

少年は反射的に暗い空を仰いで念じたのです。

(助けて、明智先生!)

その瞬間でした。まるで彼の思いに応えるように、空から爆音が雪崩れ落ちてきたのは。

その音の主は、小林くんの記憶に残るB29でもP51でもなく、まったく別なフォルムの航空機だったのです。

反射的に仰ぎ見た全員は、たちまち目もくらむ光のシャワーを浴びています。米軍のライトさえ比較にならない明るさで、給水塔の周囲を異形《いぎょう》の色彩で描き出したのは、なにごとでしょう。

機体が放つ光のおかげで、そいつは頭上で巨大な羽根を旋回させていると知れました。つづけて襲いかかった猛烈な風！　唸りを生じた風は木々の葉をすべて裏返す勢いで、しばらくは小林少年もなにが起きたか見当がつきません。やっとのことで指の間から目視できたとき、光と風は少年の眉を圧して降臨してきました。

着地点を見定めたのか、光は消えても風は連続しています。源にあたるそいつは、さながら黒闇天《こくあんてん》が産み落とした漆黒の胎児でありました。

機体はジリジリと拡大されてゆきます。あんな羽根をもがれた昆虫みたいな機械が、なんだって空を垂直下降できるのでしょう？

アレが航空機というなら、翼がないなんて理不尽にすぎます。

(オートジャイロ？　違う！)

それなら小林くんも知識がありました。回転翼はおなじでも推進用のプロペラと小ぶりな両翼を使って、短い滑走路で発着できるのが売り物でしたが、速度が遅く航続距離も貧弱だったため、一部の好事家《こうずか》が話題にしただけで終わりました。

しかしステップの途中まで下りていた二十面相は、ちゃんとそいつの正体を知っていました。旋回音が凄まじいので、大声を上げないと少年の耳に届きません。

「ヘリコプターだ！　戦時中にアメリカとドイツが実用化を競っていた！」

負けずに少年も声を張り上げます。

「翼がないのに飛べるの？」

「回転しているローター、あれ自体が翼なんだ！」

「へえっ」

小林くんは目を見張りました。ヘリコプターの羽根は回転することで揚力《ようりょく》を発生するのです。しかもヘリは、前進後退ばかりかホバリングといって空中静止の技までやってのけることが可能でした。

ポカンと口を開けていたら砂埃が舞い込んで、あわてて口を閉ざします。こんな最新鋭の飛行機に誰が乗ってきたのでしょう。よほど高位の軍人に違いありません。

「シコルスキーのVS300だな……」

橋の上に引き返した二十面相が、小型の双眼鏡を目に当てていました。橋に平行するまで下降したヘリコプターの乗員を目撃したとたんです。彼には稀な驚愕ぶりを見せたというのは——いったいなにごとであったのか。

「そんな、馬鹿な！」

二十面相ともあろう怪人が、あわや双眼鏡を取り落としそうになったほどでした。

恐慌を来《きた》している米軍を見れば、もはや北斎献呈どころではなさそうです。帙を抱いて橋にもどった小林くんが、二十面相に呼びかけました。

「誰がきたっていうの？」

怪人は、まだ信じられないという面持ちでした。

「乗っているのは、ダグラス・マッ、カ、カ、カ、カーサーだ……」

怪人の退場、先生の登場

それからの事態の変転の目まぐるしさったらありません。

給水塔の緑地に着陸したヘリコプターから、トレードマークのコーンパイプを銜えて悠然と降り立つマッカーサー元帥に、全将兵が驚駭《きょうがい》したのはもちろんです。

ヘリが回転翼を休めると、あたりはウソのように静まり返りました。

ジープのライトも消え、騒がしかった一帯を夜のしじまが支配します。いつか雲は薄れて、半月が割れた銀盆のように白々とかかっていました。

あわてながらも軍律に従って最高司令官を迎える兵士たちを無表情で見やる彼に、恐懼《きょうく》して駆け寄ったのはジェームス・マッケイ中将です。

遠目ながら直立不動の姿勢をとる中将に、元帥が厳しい語気を浴びせる気配でした。さいわい小林くんには二十面相という絶好の通訳がついています。

「さんざんに叱責されている。部下の前で頭ごなしとは、中将もとんだ道化役だよ」

遠目にもマッケイは、見る影もなく萎《しお》れていました。彼の手足となってキビキビ行動した青年将校も、今は去就に迷っているかと見えました。

たとえ中将と四谷の関わりにキナ臭さを感じても、上官の命令に従うほかなかった彼は、むしろ元帥の登場を内心では歓迎したのかも知れません。

果たして将校は素早い動きを見せました。木陰からそっと離れる佐脇の腕をいち早く摑んで、元帥の前に連れてゆくではありませんか。

彼の説明を受けたマッカーサーは大きくうなずいてから、ゆっくり鉄橋を仰ぎました。

(ワッ、こっちを見た!)

元気のいい少年ですが、連合国軍最高司令官閣下の視線を受け止めてたじろぎます。それなのに二十面相ときたら、ホンの少し口角を持ち上げただけ。なんと怪人は声もなく笑っていたのです。

対する元帥は表情を消したまま、わずかにコーンパイプを口から離しました。小林くんには、そのしぐさが二十面相への答礼のように思えたのですが、そんなはずはないでしょう。なにしろこの時点で、天皇を凌《しの》ぎ首相を凌ぐ日本最高位の権力者は、彼だったのですから。

パイプを軽くふると、その意を体《たい》した将校が呼ばわりました。

「ミスタ・ナカムラ！」

退場のきっかけを失ったまま動きのとれなかった警部が、あわて気味に進み出ました。それでも精いっぱい威儀《いぎ》を正して、元帥閣下に敬礼のポーズをとっています。小林くんは内心懸命な応援を送りました。

（アメリカの軍人に負けるな！　中村さんは今、日本の警察代表なんだから！）

将校は腕を摑んでいた佐脇を、警部の前に押しやりました。口髭を情けなく震わせた佐脇に手錠がかかると、制服の警官たちが左右から挟み込みました。まるで水を得た魚のように鮮やかな動きは、既定のセレモニーにさえ見えたのです。

二十面相が小林少年に囁きました。

「元帥閣下がマッケイを一喝したんだ。日本の法を破った者の処置は、日本の警察にまかせるべきだ、とね」

「話がわかるんだ、マッカーサーって！」

躍り上がらんばかりの少年を見やって、二十面相が苦笑しました。

「さあて、ね」

その意味が汲み取れない内に、これで用はすんだといわんばかりに、マッカーサーは、ふたたびヘリコプターの機内にもどります。

狼狽したマッケイ以下居並ぶアメリカ軍に見送られて、シコルスキーＶＳ３００はまたもや激烈な音と風を伴って飛び上がったのですが……。

（あれっ）

小林くんがまばたきしました。

着陸したときは確かにパイロットがいたのに、なぜか今はマッカーサーの一人乗りに見えたからです。

（元帥閣下はあの竹トンボみたいな飛行機を、自分で操縦して帰っていったの？）

解説を頼みたい気分で二十面相をふり向くと、どうしたことか隣にいたはずの彼の姿が見当たりません。それどころか河合をはじめなん人もいた配下たちは、揃って背を向け南北へ分かれて歩み去ろうとしていました。

マッカーサーの動きに目を奪われ、ローターの轟音《ごうおん》が気配を消していたにせよ、小林くんも油断したというべきです。まだ北斎を収納した帙を持ったままでしたから、お宝を残して二十面相がいなくなるとは考えなかったのですが――。

（あっ、でも、もしかしたら！）

ついさっき、自分が想像したことを思い出しました。

北斎がやはり贋物だったとすれば？

あわてて双方の塔に分かれた一味に怒鳴ろうとして、またびっくりしました。なんと、どちらにも二十面相がいたではありませんか！

華族らしくリュウとしたスーツ姿に、おなじ中折帽をかぶっていました。そのふたりが申し合わせたように小林くんを見て、同一のタイミングで手をふるではありませんか。

（どっちが本物なんだ！）

ひとりは河合の変装かも知れないけど、遠目にはまるで区別がつかないのです。

橋の真ん中でおいてけぼりにされた小林くんは、もう少しで帙を取り落とすところでしたが、それで気づいたのはいつの間にか帙に貼られた小さなメモです。

月明かりでどうにかメモの文面を読み取ることができました。

〝共闘した記念として、私が描いた北斎の春画を贈呈する。きみの青春の参考にしてくれたまえ。健闘を祈る〟

「畜生ーっ」

最後の最後に北斎をせしめた二十面相は、南と北へ二手に分かれて、悠々と去ってゆきます。

茫然とひとり立ち尽くす小林くんでした。

中村さんは佐脇を護送して行ったし、四谷組を満載した警官隊のトラックも動きはじめました。少年はいったい誰に、二十面相の逃走を訴えればいいのでしょう。

消沈した中将を乗せたクライスラーは、それまでの豪奢《ごうしゃ》なオーラとは無縁にションボリと去って行きます。それにつづくジープ群の尾灯が遠くなると、あたりはいっそう静かになりました。

息を吹き返したような虫たちの唄が、林の根元から草むらから、こんな高い橋の上まで聞こえてくるくらいに——。

ひとりポツンと残された少年は、その場にしゃがみ込みたい気分です。

でもむろんそんな必要はありません。なぜって今日いちばんのお手柄は、きみなんだもの！

ホラ、少年の手柄を称賛する、拍手の音まで聞こえてきたではありませんか。

パチパチパチ！

音の主が鉄梯子を上ってくるみたいです。

ええっ。

少年は目を見張りました——ゆっくりとステップを上がってきたその人は。橋に全身を現したその人は。

「あ……あ……」

もう少しで舌を嚙みそうになりました。

拍手し終えたその人が、半顔を覆う飛行メガネを外します。別れたときとおなじもじゃもじゃ頭の温顔に、笑みを浮かべて――。

「小林くん、よくやってくれたね」

少年はみなまでいわせませんでした。

「明智先生！」

まっしぐらに胸に飛び込んでくる助手を、明智先生は大手を拡げて、ガッシリ受け止めてくれました。

先生がどうしてこの場に現れたのか。少年はとっさに理解していたのです。

（だからあのヘリコプターは、行きはふたりが乗っていて、帰りはひとりで飛んで行ったんだ）

マッカーサーをこの場に連れてきたのが先生だったなんて！

「背がのびたね」

明智先生は感慨深げに、改めて小林くんを見つめました。

「すばらしい活躍だったようだね。中村くんが警視庁に手紙を残してくれていた。それを読んだよ」

「はい……でも、ごめんなさい。二十面相に北斎を奪われました……」

「いいんだ、小林くん」

あくまでも明智先生は、にこやかです。

「奪われたものなら、奪い返せばいい。いずれ近いうち、お互い挨拶を交わすときがあるだろう。そのときはまた、きみにも手伝ってもらうからね」

「ハイ！」

励まされて、てきめんに元気を取りもどす小林くんでした。

「……だがぼくもヨーロッパでは頑張ったんだぜ。ヘリコプターの操縦までマスターしたんだ。……まぁ、教師のルパンが優秀だったこともあるがね」

ルパン！　ああ、やはりそうだったんだ！

少年は息をはずませています。

「わかりました、先生！　あのマッカーサーは贋者ですね。変装していたのは、アルセーヌ・ルパンだったんですね」

「さすがだよ、きみ」

上機嫌の明智でした。読者のみなさんは、戦前の日本を騒がせた『黄金仮面』事件をご承知ですか。『怪人二十面相』が語られた時期より一年前のことでした。明智探偵は日本を舞台にして、世紀の怪盗アルセーヌ・ルパンと対決、互角の勝負を果たしたことを。

「ナチス占領下のパリで、ぼくはレジスタンス組織の暗号を解読した。ルパンが組織の重要な地位についていることも知ったが、ぼくはあえて口外しなかった。ナチス敗北の後、そのことをルパンから大いに感謝されてね」

レジスタンス。ドイツに蹂躙《じゅうりん》されたフランスの人々が、ひそかにナチスに抵抗していた地下組織です。強権と弾圧、逮捕と拷問の危機に晒されながら、組織を守りきったルパンは、パリ市民の魂の大きな支えになった——と、のちに小林くんも教えてもらいました。

アルセーヌ・ルパンのアナグラム（言葉の並べ替え）として、スペインの貴族ルイス・ペレンナと称し、自由のために戦った経歴のあるルパンです。祖国復権を目指してふたたび決起したのは当然というべきでしょう。パリはもとよりフランス全土の暗部に通じたルパンならではの、縦横の活躍ぶりは想像に難《かた》くありません。

「レジスタンスの功績で、彼はフランス陸軍正規の中将の地位についた。本人は戦争が終結した今、さっさと怪盗紳士にもどるつもりだが、その前に日本で別れた恋人の消息を知りたいといったんだ」

そのことなら小林くんも聞いていました。

「大鳥不二子《ふじこ》さんのことでしょうか」

「そうなんだ」

明智の活躍によって、ルパンは恋人フジコを故国へ伴おうとして成らず。以後ついに再会のチャンスがないまま、第二次世界大戦がはじまっていたのです。

「もう一度彼女に会いたい。それがルパンの望みだった。ふたりの仲を裂いたのはぼくなのだから、その意味でも行方を突き止めてやりたい。そう告げたぼくを、ルパンは日本に連れ帰ってくれた」

フランスは大戦ではアメリカと共に戦っています。占領軍の一員として、中将のルパンが東京に飛ぶことも可能だったでしょう。

「それで、不二子さんは見つかったんですか」

小林くんは気負い込みましたが、明智先生の答えは非情なものでした。

「行方はすぐにわかったがね……」

うなずきながらも、明智は重い口調でつづけました。

「事件の後、彼女は大鳥家を勘当されていた。こともあろうに外国人の、それも盗賊と恋仲になったという理由でだよ」

明智の顔に暗い影が落ちたのは、月が翳りを増しただけではないようです。

「家を出された不二子さんは、彼女を可愛がっていたばあやの家に身を寄せていた。養女として籍も移したそうだ。住所は深川でね。だから不二子さんは、今年の三月十日に深川にいた……」

小林くんは息が詰まる思いでした。

それまでは軍需工場を狙い撃ちしていた米軍のB29が、無差別爆撃に作戦を切り換えた、その第一撃こそ東京の下町を標的とした三月十日だったのです。

国が教えた防空演習に忠実に従い、彼も彼女も家族ぐるみで、バケツリレーと火叩きで焼夷弾の雨に挑みました。それが悲壮で無謀な戦いとは誰ひとり想像もしていません。愛する日本と先祖伝来の下町を守るため果敢に戦って――一夜にして住民十一万人は炭《すみ》の塊になりました。

「火の海の真っ只中に、ばあやの峰《みね》家があったんだ」

そういって、明智先生は口を結びます。とても辛そうな表情でした。

「ルパンさん、気の毒に」

少年がいい、明智探偵はうなずきます。

「戦争とはそういうものだ……彼は淡々と呟いていた。ぼくはなにもいえなかった」

晩夏の夜、肌をなぶる風は冷たく感じられるようです。

「ルパンにとって、その名は永遠に忘れられないだろう。孫の代まで伝わってミネフジコと聞くたびに、抑えられない思いが燃え上がるに違いない……」

ふっと意味不明の笑みを見せたきり、沈黙しました。

しばらく無言がつづいた後、やおら明智先生が口を開きます。

「ぼくたちも帰ろうか。麻布の家に」

「ハイ、龍土町の……でも、しまったな」

「どうしたい」

「しばらく掃除ができてません。先生の布団も干してなかったし」

「気にしなくていいさ」

明智探偵はふっ切れたように小さな笑い声を立てました。

「風邪をひく心配はなさそうだ、ひと組の布団で寝たって構わないんだよ」

「ハイ」

ステップの下り口まで、手を繋ぐようにして歩いてゆきます。

中天高く風が音を立てて吹きすぎると、名残惜しげにはぐれ雲が駆け去ります。月が師弟の影をくっきり橋板に刻んだとき、小林くんは照れ臭そうに口を切りました。

「先生が無事にお帰りになったら、ぼく、大声でいうつもりだったんです」

「ほう？　なんだい、それは」

明智探偵の顔に蘇《よみが》える微笑が、小林くんには眩しそうです。

「本当なら少年探偵団全員で、いいたかったけど……」

もじもじした少年は、やがて覚悟を決めたようです。

たぶん読者のあなたも、想像がついたことでしょうね。

そう、溜まりに溜まっていたあの言葉を、小林くんは躍るようにして全身から迸《ほとばし》らせました。

「明智先生バンザーイ！　少年探偵団バンザーイ！」

（焼跡の二十面相　終）

瞼《まぶた》の裏にはトイランド――辻真先小論

芦辺《あしべ》 拓《たく》
（小説家）

その頃、日本中の学校といふ学校、教室といふ教室では、二人以上の少年少女が顔を合はせさへすれば、まるで宿題の教えつこでもするやうに、『江戸川乱歩《えどがわらんぽ》』の噂をしてゐました。『乱歩』といふのは、もともと大人たちの雑誌を賑はしてゐた、世にも面白い小説の作者です。その名の由来は日本のエドガー・アラン・ポーだからだといはれてゐました。つまり我が国の探偵小説の元祖なのです。

――今もきっと子供たちの間で語り継がれている「乱歩」の噂、そしてその物語の魔力。たとえば一九二五年生まれの医師で作家の宗谷真爾《そうやしんじ》氏は、故郷である千葉県野田《のだ》市の興風会《こうふう》館での体験を次のように記しています。

「小学校四、五年のころ、ひきつれるような烙印《らくいん》を残したのは『怪人二十面相』であった。チョークを水に溶いた液体で、題名を記された黒い木の板が、本の所在場所をいつもふさいでいて、あったためしがない。（略）連日図書館へかよいつめたが、虎視眈々《こしたんたん》とねらっていたのは、ぼく独りではなかった。ある日のこと、八字ひげをたくわえた図書館長によって、いままさに本が木の板と交換されようとした刹那《せつな》、四方八方からワッととびかかり、腕へかじりつく者、洋服のボタンをひきちぎってしまう者さえいたが、かんじんの本には三、四人の手がかかってい、うばいあいになってしまった」（大衆文学研究十五号「怪人二十面相」）

おそらくはこれと似たような時期、名古屋に生まれ育った一人の少年にも、乱歩との記念すべき出会いがもたらされようとしていました。それは『怪人二十面相』の大好評を受けて「少年倶楽部」昭和十二年（一九三七）一月号から連載が始まったばかりの第二作『少年探偵団』でのことでした。

少年はこの年やっと満五歳を迎えるのでしたが、そのときすでに同じ講談社の「幼年倶楽部」を購読していました。山中峯太郎《やまなかみねたろう》の『世界無敵弾』や大佛次郎《おさらぎじろう》『日本の星之助』といった小説、漫画では田河水泡《たがわすいほう》の『平気ノ平助』などが連載されていたこの雑誌は、まだ小学校にも上がっていない少年にとっては、やや背伸びを必要としたはずですが、根っからの本好きの男の子にとっては、まさに平気の平左だったのでしょう。何とそれに続き、親御さんがさらに高学年向けの雑誌である〝少倶〟(少年倶楽部の愛称)を取ってくださったのです。

たとえば、その五月号を見れば、連載小説は南洋一郎《みなみよういちろう》『緑の無人島』、佐々木邦《ささきくに》『出世倶楽部』、そして雑誌の総原稿料の半分を持ってゆくと噂された佐藤紅緑《さとうこうろく》の『黒将軍快々譚』、そして『のらくろ中尉』『冒険ダン吉』などの後世まで伝わる漫画など、まさに錚々《そうそう》たるラインナップ。そんな中で、前作の小林秀恒《こばやしひでつね》画伯にかわり、梁川剛一《やながわごういち》画伯が担当した『少年探偵団』第四回の挿絵が少年の目を奪いました。

それは、変装によって〝黒い魔物〟の魔手を逃れようとした小林芳雄《こばやしよしお》君と少女緑《みどり》ちゃんが、前の号で突然真っ黒な顔に変貌《へんぼう》した悪漢に自動車で拉《ら》致され、〝黒い魔物〟のアジトの穴倉に放りこまれた、まさにその瞬間を描いたものでした。

はしご段から滑り落ちるようにして、地下室の床に横たわった小林君と、その上に投げ落とされた、お兄ちゃんの水兵服を着て男装した緑ちゃん。ともにきつく後ろ手に胴中を縛られ、口には猿ぐつわをかぶせられています(昔のギャングがよくしていた覆面型にして、口に食いこませていないところに悪人ながら配慮が感じられます)。まさにスリル満点ですが、サイレントの連続活劇《シリアル》というか、どこか遊園地のアトラクションめいてもいるこの場面にいざなわれて、少年——辻真先氏は乱歩市《ランポ・シティ》の市民、ひいては探偵小説国の住人となっていったのです。

親から買い与えられる本ではとても足りず、少年は、名代の料理店のオーナーであり、代議士でもあったお父さんのおかげで立ち読みが黙認されていた飛切堂、中京堂といった近所の書店に入りびたり、それでもとうとう「まーちゃん、頼むから奥で読んで」と悲鳴があがったそうです。ちなみにシリーズ第一作『怪人二十面相』はこの立ち読み術を駆使《くし》し、さかのぼって読破されたものでした。

さらにはその特権の届かない、南大津《みなみおおつ》通りという電車道を隔てた竹中書店に遠征。「お姉さんのハタキをかいくぐって」野村胡堂《のむらこどう》の大長編『轟半平』全六巻二千ページ超を読み上げたという〝快挙〟には、共感する人もいるのではないでしょうか。もっとも、これら思い出の本屋さんは、名古屋大空襲によって街ごと烏有《うゆうき》に帰してしまったとのこと。

「少年倶楽部」では『妖怪博士』『大金塊』と読み進み、後者には二十面相が出ないのにアレッと思ううち、長じるとともに興味が「学生の科学」(一九四〇年に「子供の科学」から改題)などに移っていったそうです。戦時下の長い中断をはさみ、二十面相は昭和二十四年の『青銅の魔人』で復活を遂げますが、さすがにそのときには少年物には縁遠い年齢となっており、はるかのちになって触れたとか。ですが、かつての辻真先少年の乱歩、そして探偵小説との縁は切れることがなかったのです。

そのことは、氏が手がけた三千本とも言われるアニメ脚本に満載された奇想あふれるアイデアや、何より小説に軸足を移し始めたときに選んだ道がミステリ作家であること、そして近年の『深夜の博覧会　昭和12年の探偵小説』（二〇一八、東京創元社）や『たかが殺人じゃないか　昭和24年の推理小説』（二〇二〇、同）、さらには二〇二二年に予定されている『馬ッ鹿みたい　昭和36年のミステリ』（仮題）に見られる〝ミステリとして時代を、人生を描く〟姿勢にも明らかでしょう。

そんな氏が、テレビ演出家として（「月と手袋」）、アニメ脚本家として（「わんぱく探偵団」）、小説家として（『蜘蛛とかげ団』『江戸川乱歩の大推理』）、また劇作家として（「真理試験――江戸川乱歩に捧げる」）かかわり、オマージュしてきた乱歩作品の、まさに原体験、読書の原風景に立ち返ったのが、本書『焼跡の二十面相』なのです。

　この物語は、作者によればオリジナルの二十面相シリーズのパロディでもなければ、パラレルワールド設定でもなく、また続編《シークエル》としてでもなく、あくまで本伝の空白を埋めるものとして描かれました。戦中、名探偵明智小五郎《あけちこごろう》が軍の委嘱を受けた暗号の仕事で日本を離れ、したがって探偵助手の小林少年も一人ぼっちで過ごさなければならなかったというのは、一見奇異に思えるかもしれませんが、雑誌「別冊宝石」の江戸川乱歩還暦記念号に渡辺剣次《わたなべけんじ》氏が書いた「明智小五郎の事件簿」で語られている、いわば原作者公認の設定なのです。

彼がたたずみ、独り何とか生き抜こうとするのは一面の廃墟、焼け野原です。そこでは古い権威が崩壊し、自由や権利といった新たな価値観が芽生えようとしていましたが、新たな悪や暴力も続々と芽吹こうとしていました。当時の記録などを読むと、「空襲さえなければ、焼かれさえしなければ、ここも立派な街だったのに」と悔やむ声に満ちており、何とか現実から目をそらし、むりやり閉じた瞼の裏にかつての夢をよみがえらせようとしていたかのようです。

しかし、瞼を開けばそこは何もない焼跡であり、いくら目をつぶったところで、そこに広がるのはしょせん同じ風景でしかありません。本書の続編『二十面相　暁に死す』で小林君たちが映画を見に行くシーンがありますが、夢にあふれていなければならない銀幕ですら、映し出されるのは何もない敗戦国の景色でしかないのでした。

おそらく若い世代にとっては、それは自明のことであり、過去を懐かしむことしかできない年寄りとは、明確に一線を画していたのです。乱歩世界はノスタルジー抜きにしては語ることができず、しばしば戦前のモダン・シティ帝都東京や、昭和三十年代の〝東京ベルエポック〟を舞台に語り直されますが、本書であえて「焼跡」が選ばれたことには作者の強い思いがあることでしょう。

その何もない舞台に現われた二十面相は、そうであればこそ実に彼らしい仕掛けを施します。全てが焼けてなくなったのをいいことに、彼ならではの遊園地のアトラクションを、大仕掛けなギミックを野放図にくりひろげるのです。もっとも小林君が遭遇した、地底のとある大からくりにはかないませんが、それもふくめて、大いなる空白のただ中に、壮大なおもちゃの国《トィランド》が現出するのです。

そして、名探偵不在の空白でこそ成り立った夢の顔合わせ……明智と、彼のもう一人の手強いライバルについて知る人には、何とも絶妙なシーンが用意されています。いや、そんなの知らないよ、小林君にも二十面相にも、そして明智とそのライバルにもなじみがなく、むしろこの本で会うんだよという新しい世代の読者にも、アッと驚く趣向が残されているのです。

まさに物語のトイランド――夢いっぱいに、しかしたくましく堅牢《けんろう》に構築されたアイデアいっぱいのおもちゃの国は、たとえ本を閉じたあとでも、あなたの瞼の裏にはまざまざと、そしてにぎにぎしく愉快によみがえることでしょう。

二〇一九年四月　光文社刊

※この作品はフィクションであり、実在の人物・団体・事件とは一切関係がありません。

※この作品は江戸川乱歩「少年探偵団シリーズ」をもとに、著者によって創作されたオリジナル・ストーリーです。

光文社文庫

焼《やけ》跡《あと》の二十面相《にじゅうめんそう》

著者　辻《つじ》　真《ま》先《さき》

2021年10月20日　初版1刷発行

発行者　鈴木広和
印刷　堀内印刷
製本　ナショナル製本

発行所　株式会社　光文社
〒112-8011　東京都文京区音羽1-16-6
電話（03）5395-8149　編集部
8116　書籍販売部
8125　業務部

ISBN978-4-334-79253-4　Printed in Japan

組版　萩原印刷

光文社文庫最新刊

破滅　警視庁分室刑事《デカ》　南　英男

黒衣聖母　探偵くらぶ　芥川龍之介　日下三蔵・編

白い陥穽《かんせい》　鮎川哲也のチェックメイト　鮎川哲也

女神　新装版　明野照葉《あけのてるは》

鎌倉殿争乱　菊池仁・編

父の形見　決定版　研ぎ師人情始末(十三)　稲葉　稔

刺客　鬼役 弐 新装版　坂岡　真